www.tredition.de

AF202725

www.tredition.de

© 2021 Thomas Breier

Verlag und Druck:
tredition GmbH, Halenreie 40-44, 22359 Hamburg

ISBN
Paperback: 978-3-347-27692-5
Hardcover: 978-3-347-27693-2
e-Book: 978-3-347-27694-9

www.tredition.de

Thomas Breier

Das gesamtdeutsche Leben des Benjamin Kramer

Vorwort

Jüngere Menschen in Deutschland wissen vermutlich, dass es mal zwei deutsche Staaten gab. Aber wie es damals in diesem zweigeteilten Deutschland zuging, wissen sie bestenfalls aus Filmen, Berichten oder Erzählungen. Wenn sie es überhaupt wissen. Denn über die Zeiten kurz nach dem Krieg in der sowjetischen Zone wissen auch ältere Deutsche kaum noch etwas. Manchmal ist der Autor schon verwundert, wenn er Menschen trifft, die nichts von DDR, Mauer, Flüchtlingslagern und Schießbefehl wissen. Deshalb hat er einige Dinge aus seinem Leben aufgeschrieben. Er lebte einige Jahre an der Berliner Mauer und hat erlebt, wie dort Menschen erschossen wurden, weil sie von einem Teil der Stadt in einen anderen wollten.

Für jüngere Menschen klingt diese Geschichte an manchen Stellen ein wenig unwirklich, aber sie wurde aufgeschrieben, weil sie sich ungefähr so abgespielt hat. Vieles hat der Autor aus eigener Erinnerung aufgeschrieben, er hat auch über verschiedene Details mit manchen seiner Freunde geredet. Die Szenen in Sangerhausen, der kleinen Stadt am Südrand des Harzes und in Berlin haben sich etwa so abgespielt wie beschrieben. Tatsächlich waren im Rückblick die drei Studienjahre in Berlin die ereignisreichsten Jahre seines Lebens. Kaum ein Tag verging ohne neue Überraschungen in dieser zweigeteilten Stadt. Überraschungen, die gelegentlich mit Todesfällen durch den DDR-Schießbefehl verbunden waren.

Es ist bekannt, dass bei einem der Tunnel in der Bernauer Straße die DDR-Grenzsoldaten ihren eigenen Mann versehentlich erschossen haben. Daraus hatte man versucht, den Fluchthelfern einen Mord in die Schuhe zu schieben. Gut, dass diese Zeiten vorüber sind. Die Beschreibung der Tunnelgeschichte in diesem

Buch ist fiktiv, denn der Autor kannte die Vorgänge um den Tunnelbau zu allererst aus Andeutungen seines Studienfreundes. Deshalb musste er manche Ereignisse ein wenig rekonstruieren. Ähnlich ist es auch mit den Republikfluchten von Bekannten aus der DDR. Da wusste der Autor auch manches Detail nicht und musste ergänzen.

Es ist also nur in kleinen Details eine literarische Erfindung. Die Namen hat der Autor mehrheitlich geändert, denn er hat nicht alle Personen, die in diesem Buch auftreten, nach ihrer Meinung gefragt. Das ging schon deshalb nicht, weil etliche der Personen längst verstorben waren.

Auf diese Weise ist ein Text entstanden, der in Teilen beinahe so etwas wie eine Biografie geworden ist. Der Autor hat die Ereignisse aufgeschrieben, weil manche dieser Erlebnisse einmalig und ungewöhnlich waren.

Der Verfasser dankt sehr herzlich Herrn Professor Hermann Lauer, einem Cousin seiner ersten Musiklehrerin Hannelore Friedrich, geborene Lauer. Er hat bei dem Verfassen der Arbeit wertvolle Anregungen gegeben. Und er dankt seinem Sohn Peter Breier für dessen grafische und technische Arbeiten.

Kampf gegen Hunger

Christel Kramer war am Ende des Krieges bei ihrer Mutter in dem kleinen Städtchen am Südharz geblieben. Ihr Mann war irgendwo nach Südfrankreich verschleppt worden, sie musste ihre Mutter und ihren kleinen Sohn Benjamin versorgen. In den ersten Kriegsjahren hatte sie in Berlin gelebt. Als dort die ersten Bomben fielen, war sie nach Sangerhausen zu ihrer Mutter gezogen. Dort gab es ein Haus, in dem man wohnen konnte und einen riesigen Garten, mit dem man eine halbe Kompanie mit Obst und Gemüse hätte versorgen können.

Als Christel die Ankunft ihres kleinen Sohnes beim Standesamt melden wollte, erklärte sie dem nationalsozialistischen Standesbeamten, der Junge solle den Namen Benjamin bekommen.

„Aber Christel", erklärte der Standesbeamte, ein Freund der Familie, „Benjamin ist ein jüdischer Name. Das geht doch nicht!"

„Der Junge heißt Benjamin und dabei bleibts."

In der ganzen Stadt verbreitete sich das Gerücht, dass der kleine Junge der jungen Frau Kramer ein Kind mit einem jüdischen Namen habe. Aber angesichts der vielen anderen Sorgen, die man am Ende des Krieges hatte, gab es wichtigere Dinge, die zu bewältigen waren.

Der Krieg kam in dieses kleine Städtchen erst in den letzten Wochen vor Kriegsende. Da hatten die Alliierten ein paar Bomben auf die Gasanstalt und auf ein Haus neben Großmutters Garten geworfen. Ausgerechnet an Christels Geburtstag. Der Apfelkuchen für die Feier war noch nicht ganz durchgebacken. Aber das war weniger tragisch. Schlimm war, dass eine ganze Familie und etliche ausgebombte Berliner Flüchtlinge umgekommen waren, die in der kleinen Stadt auf das Ende des Krieges gewartet hatten.

Klaviertasten lagen auf der Straße in der Nähe von Omas Garten, Klaviersaiten hingen an einem Apfelbaum.

Ein paar Tage vor Kriegsende rollten amerikanische Panzer in die Stadt. Sie nahmen Quartier im ehemaligen Hotel gegenüber Großmutters Haus und freundeten sich schnell mit der Familie Kramer an. Das war kein Problem, denn keiner aus der Kramer'schen Sippschaft hatte mit diesen Nazis irgendwas zu tun gehabt.

Der Frühling war warm, die jungen Soldaten kamen gern auf den Hof zu Kramers und brachten Kaffee, Kuchen oder mal ein paar Stücke gebratenes Fleisch mit. Christels Schwester Marianne mit Kindern waren oft da. Denn die lebten in Halle, wo es nicht immer was zu essen gab. Sie waren gern bei der Großmutter mit ihrem riesigen Garten und einer Schar von Hühnern, die täglich Eier lieferten. Leider blieben die Amerikaner nicht lange. Im Juli zogen sie ab, danach kamen russische Soldaten, lauter junge Kerle, die von ihren Vorgesetzten behandelt wurden wie Sträflinge. Keinerlei Kontakte durften sie mit den Deutschen haben. Fleisch und Bohnenkaffee gab's auch nicht mehr. Christel musste dafür sorgen, dass täglich Essen auf dem Tisch stand.

Zum Glück hatte die Familie noch etliche Äcker in der Nähe der Stadt. Die waren verpachtet. Als Pacht gab es Getreide für die Hühner und Kartoffeln für die Familie. Aber das reichte nicht. Deshalb fuhr Christel mit einem alten Fahrrad täglich auf die Dörfer und arbeitete bei den Bauern, die das Land der Familie bearbeiteten. Da wurde sie entlohnt mit Früchten von den Feldern, mit Butter, Milch und, wenn Schlachtfest war, mit Fleisch und Würsten.

Das alles war günstiger als tägliche Arbeit in ihrem Beruf als Krankenschwester. Da hätte sie im Monat 150 Mark bekommen. Das Stück Butter kostete 35 Mark. Arbeiten im Krankenhaus lohnte sich also nicht.

Erst nach der Gründung der DDR war es ein wenig besser. Da konnte man vom Arbeitslohn endlich auch halbwegs leben. Dafür gab es schlechte Nachrichten aus Berlin. Die sowjetischen Soldaten hatten Westberlin abgesperrt. Die Großmutter machte sich Sorgen um ihre Verwandten, die dort wohnten. In der Stadt gab's immer mal jemanden, der nach Berlin fuhr. So fuhr Christel auch schon mal auf offenem Lastwagen nach Berlin, um ihren Verwandten Fleisch und Eier zu bringen.

Als das Söhnchen Benjamin in die Schule kam, begann sie bei einem praktischen Arzt zu arbeiten, der gerade aus der sowjetischen Gefangenschaft gekommen war. Einer der wenigen Ärzte in der Stadt. Deshalb gab es in dieser Praxis so viel zu tun, dass man immer wieder Überstunden machen musste. Aber das war besser als keine Arbeit. Die Patienten kamen auch von den Dörfern, weil es dort keine ärztliche Versorgung gab. Das war nicht schlecht, denn man lernte neue Bauern kennen, bei denen man auch mal ein Stück Fleisch oder einen halben Sack Weizen bekommen konnte.

Frühe Leiden

Benjamin Kramer stotterte. Er stotterte von klein auf, wurde von manchen jungen Leuten oft gehänselt, ältere bedauerten ihn. Und er hatte neben seiner Stotterei immer irgendwelche Allergien. Seine Gesichtshaut sah manchmal aus wie ein umgepflügter Acker, so dass sich manche Menschen vor ihm ekelten statt ihn zu bedauern. Dazu kamen noch Asthmaanfälle, so dass seine Mutter Christel ihn schon als Achtjährigen zu einer besonderen Kur schickte. Er war Linkshänder, und die ersten Buchstaben, die er auf seiner alten Schiefertafel geschrieben hatte, waren von rechts nach links in Spiegelschrift geschrieben.

Manche seiner Schulkameraden hielten ihn für blöd und ärgerten ihn. Die Lehrerin in der zweiten Klasse, ein Fräulein Röbling, war überzeugt, dieser stotternde, schnaufende und picklige Linkshänder gehört in die Sonderschule oder in eine besondere Einrichtung für chronisch Kranke. Wahrscheinlich war er ohnehin etwas debil, denn er hatte immer wieder Teile seiner Schulsachen vergessen. Seine Schiefertafel, die noch aus der Schulzeit seiner Mutter stammte, hatte schon einen Sprung, so dass man nicht einmal richtig darauf schreiben konnte. Sie bestellte die Mutter Christel im Jahr 1952 in die Schule und erklärte ihr, der Junge sei mit seiner Stotterei für die normale Grundschule nicht geeignet. „Wie blöd er schon manchmal guckt!" meinte sie. „Er gehört in die Hilfsschule!" So hieß damals die Sonderschule für geistig Bedürftige.

Das Donnerwetter war furchtbar. Mutter Christel, die inzwischen seit einigen Jahren als Krankenschwester beim erfolgreichsten Arzt der Stadt arbeitete, stampfte die arme Lehrerin schrecklich zusammen. „Sie Idiotin" brüllte sie. „Der arme Junge stottert. Dass er Hautprobleme hat, sehen Sie ja wohl selbst. Der Junge konnte schon mit Fünf selbst alle Märchen aus seinem Märchenbuch lesen. Konnten Sie das? Mit Sicherheit nicht. Und wenn er blöd guckt, dann denkt er. Können Sie das?"

Es kam an dieser Schule zu einem Skandal, der die Schulverwaltung des Kreises einige Wochen beschäftigte. Mit dem Ergebnis, der Junge blieb auf der Schule und die Lehrerin wurde ermahnt. Benjamin machte das Beste aus seiner Stotterei. Schon als kleines Kind hatte er gemerkt, dass er beim Singen nicht stotterte. Und weil seine Mutter gern und viel sang, sang sie ihm besonders wenn sie ihn abends ins Bett brachte, hübsche Lieder vor wie „Es tanzt ein Bi- Ba- Butzemann, Eiapopeia was raschelt im Stroh" oder „Maria durch ein' Dornwald ging…".

Das gefiel dem Kleinen, so dass er bald selbst mit einer hübschen Sopranstimme die Lieder gemeinsam mit der Mutter sang. So kam es, dass Christel ihn schon als Sechsjährigen im kirchlichen Kinderchor anmeldete. Die Singerei machte ihm besonderen Spaß, weil man dort zweistimmig, ja sogar dreistimmig sang und er dabei nicht stotterte. Er war dort der Jüngste, lernte schnell Noten und sang bald vom Blatt. Als er zehn war, steckte man ihn in den großen Kirchenchor, den er zusammen mit seiner Mutter besuchte. Dort lernte er die ersten Bachkantaten und Motetten von Heinrich Schütz kennen. Als er zwölf war, schlug ihm Fräulein Lauer, die neue Kantorin an Sankt Jakobi vor, er solle doch bitte ein Blasinstrument spielen lernen. Musikalisch genug sei er ja. Das interessierte ihn sehr, so dass er gleich ein kleines Althorn in die Hand gedrückt bekam und schon nach sechs Wochen im Posaunenchor mitspielen konnte.

Ärger bekam er allerdings durch seine Überei auf dem kleinen Horn mit den Genossen vom SED-Parteihaus gegenüber. Die wussten natürlich, dass die Übungen auf diesem Horn dem Lob Gottes dienten. Deshalb schimpften sie ihn aus wegen dieses ruhestörenden Lärms. Benjamin machte sich den Spaß und übte zwischen den geistlichen Chorälen auch gelegentlich mal „Brüder zur Sonne, zur Freiheit" oder „Wenn wir schreiten Seit' an Seit'". Oder die DDR-Nationalhymne. Da konnten die Genossen sich nicht mehr beschweren.

Er mogelte sich mit seiner Stotterei durch manche kritische Situation in seinem Schulleben. Der Lateinlehrer auf der Oberschule zum Beispiel hatte so viel Mitleid mit ihm, dass er ihn nie zu einer mündlichen Leistungskontrolle zitierte. Einige seiner Mitschüler waren sauer auf ihn, weil er in manchen Fächern nie drankam. Natürlich lernte er nicht, und bei schriftlichen Arbeiten schrieb er alles von seinem Nachbarn Holzapfel ab. Er lebte manchmal nach dem Motto, wer nicht lernt, spart viel Zeit und lernt auch nichts Verkehrtes.

Als Benjamin zehn war und die Stotterei in der Schule mehr und mehr zu einem Problem wurde, besuchte die Mutter mit ihm den einzigen Neurologen in der Region. Das war ein Dr. Isegrim in Nordhausen. Der untersuchte ihn und empfahl den Sprachheilunterricht bei einem Fräulein Kopf in Nordhausen.

Fräulein Kopf

Die Dame, bei der Benjamin dann einige Jahre Sprachunterricht hatte, war ein Fräulein Kopf, die in Nordhausen in einem dieser neuen Nachkriegsbauten der DDR gemeinsam mit ihrer Schwester wohnte. Fräulein Kopf war schwer behindert. Sie konnte nicht laufen und war an ihren Rollstuhl gefesselt. Versorgt wurde sie von ihrer Schwester, einer Rentnerin, die vermutlich auch auf die Arbeit ihrer schwer behinderten Schwester angewiesen war. Die damals in der DDR gezahlten Renten von 15 bis 20 Ostmark genügten nicht zum Überleben.

Fräulein Kopf arbeitete auch noch als Gesangslehrerin. Später, als Benjamin selbst sich mehr und mehr dem Gesang gewidmet hatte, wurde ihm rätselhaft, wie man in einem solchen schwer behinderten Zustand überhaupt singen kann. Es war vermutlich die pure Not, die diese Frau zur Arbeit trieb.

Großartig und zielführend war der Sprachunterricht bei Fräulein Kopf nicht. Auch nicht für Benjamins Freund und Nachbarkind Einar Schleef, mit dem er gelegentlich gemeinsam nach Nordhausen zu Fräulein Kopf fuhr. Fräulein Kopfs Sprachübungen bestanden mehrheitlich aus Wiederholungen von be, ba, bi, bo, bu und miau, mijo, miju. Benjamin kamen schon damals bald Zweifel, ob man mit diesen schlichten Silben die Stotterei beseitigen kann.

In Halle an der Saale

Wegen seines Leidens war Benjamin jahrelang in Behandlung. Nach be, ba, bi in Nordhausen, wechselte er, als er auf der Oberschule war, nach Halle, an ein staatliches logopädisches Institut. Auch der Schulfreund Einar Schleef besuchte die Hallenser Logopäden. Die Logopädin, die ihn in Halle behandelte, war eine Frau, die er sehr bald beinahe so achtete wie seine eigene Mutter. Als er etwas vom Kirchenchor erzählte, sagte sie ihm gleich, dass sie auch im Kirchenchor singt. Sie zählte die Stücke auf, die sie schon gesungen hatte. Das bedeutete, sie war gewiss keine Freundin dieses sozialistischen deutschen Staates. Während der Behandlung ließ sie leise Musik von Johann Sebastian Bach erklingen. Zum Beispiel das Air, das Benjamin dank eines fehlenden Plattenspielers im Hause der Großmutter noch nie gehört hatte.

Sehr bald hatte Benjamin so viel Vertrauen zu ihr, dass er ihr auch seine persönlichen Sorgen erzählte, die er immer wieder dank seiner fehlenden sozialistischen Gesinnung hatte. Sie gab ihm gute Ratschläge, wie er sich verhalten sollte. Er erzählte ihr von seinen Sorgen um seine persönliche Zukunft. Er wusste, dass er dank seines Engagements im Kirchenchor und in der christlichen Jungen Gemeinde niemals die Fächer studieren konnte, die er gern studieren würde. Sie erklärte ihm – wie man so sagt – durch die Blume, sie an seiner Stelle würde nach dem Abitur sofort in den Westen abhauen. Benjamin war sprachlos. Einen solchen Ratschlag von einer Angestellten aus dem sozialistischen Dienst hätte er niemals erwartet. Also hatte sie ziemlich viel Vertrauen in ihn. Denn mit einem solchen Vorschlag – wenn er bekannt würde -

riskierte sie ihren Arbeitsplatz. Das bestätigte sich auch mit ihrer Information, dass angeblich der Professor dieses Institutes einen sehr prominenten Patienten hatte. Das war der Staatsratsvorsitzende Walter Ulbricht, den der Professor wöchentlich in Berlin zum logopädischen Unterricht besuchte. Es war bekannt, dass Ulbricht eine hässlich sächselnde Fistelstimme hatte, über die sich die halbe Republik lustig machte. Angeblich hatte er in früheren Jahren eine Kehlkopfkrankheit gehabt. Diese Krankheit, gemeinsam mit dem schrecklichen sächsischen Dialekt hatte zu einer hässlichen und unverwechselbaren Sprachmanier geführt, die im Volk Anlass für allerlei populäre Satire geführt hatte.

Benjamins Hautprobleme besserten sich, als er die Pubertät hinter sich gelassen hatte. Nur die Stotterei blieb ihm erhalten. Aus seiner Stotterei hatte er im Laufe der Jahre eine gewisse Sprechkunst entwickelt, die bald auch von seinen Lehrern bemerkt wurde. Einer dieser Lehrer hatte gelegentlich bemerkt, kein Stotterer stottert so elegant wie du. Über dieses Lob freute sich Benjamin, verstanden hatte er es aber damals nicht.

Das Singen im Kirchenchor und das Blasen im Posaunenchor der Sangerhäuser Jakobigemeinde waren für Benjamin die wichtigsten Beschäftigungen außerhalb der Schule. Singen war für ihn von ganz besonderer Bedeutung, denn beim Singen stottert man nicht. Jeder Stotterer, der singen kann, tut das, ohne stecken zu bleiben. Die sozialistische Schule hätte es natürlich gerne gehabt, wenn er fortschrittliches Liedgut gepflegt hätte. Aber dazu hatte er keine Lust. Diese Art der Musik war ihm zu blöd. Er wollte lieber Musik von Bach, Händel, Schütz und Brahms singen. Natürlich wusste die sozialistische Schule von seinen unerwünschten Nebenbeschäftigungen in den kirchlichen Chören. Von den jungen Schülern erwartete man aktive Arbeit in der Freien Deutschen Jugend. Dazu passte die Beschäftigung mit geistlicher Musik von Bach und Schütz nicht.

Jedes Jahr im Sommer veranstaltete der Kirchenkreis ein Sommerfest. Diese Sommerfeste fanden meist in einer der Gemeinden des Kirchenkreises statt und waren ausgefüllt mit vieler Art geistlicher Musik. Als Benjamin gerade vierzehn geworden war, fand das Sommerfest in einem kleinen Dorf ganz in der Nähe von Sangerhausen statt. Die Bläser des Posaunenchores und die jüngeren Sängerinnen und Sänger fuhren mit dem Fahrrad in das Dorf. Die älteren Sänger liefen zu Fuß, denn so weit war das Dorf nicht von der Stadt entfernt. Bei der kurzen Fahrradtour fuhr Monika aus dem Chor neben Benjamin. Monika war ein aufgewecktes und schon etwas älteres Mädchen, das ihm während der Fahrt irgendwelche Geschichten aus ihrer Schule erzählte.

Zu diesen Sommerfesten gehörte auch ein Gottesdienst in der Kirche. Die Orgel wurde natürlich von Fräulein Lauer, der Sangerhäuser Kantorin gespielt. Die Luft für diese Orgel kam aus zwei riesigen mechanisch betriebenen Blasebälgen, die sich im Turm der Kirche eine Etage über der Orgel befanden. Wenn der Organist Luft für seine Orgel brauchte, drückte er auf einen Klingelknopf an seiner Orgel. Das war das Signal für die Blasebalgtreter, ordentlich auf die gewaltigen Pedale zu treten.

Die flotte Monika meldete sich sofort zum Blasebalgtreten und nötigte auch Benjamin, ihr bei dieser wichtigen Aufgabe Gesellschaft zu leisten. Das tat Benjamin gern, denn die flotte Monika gefiel ihm gut, auch wenn sie, wie er insgeheim meinte, zu alt für ihn sei. Er freute sich auch, weil er gemerkt hatte, die Monika störte sich nicht an seiner Stotterei und seinen immer noch vorhandenen Hautproblemen. Die hatten sich zwar gebessert, aber Pickel hatte er immer noch im Gesicht.

Die beiden stiegen also zu den Blasebälgen und Monika erzählte ihm jetzt allerlei über ihre Katze, die sie so liebte. Sie meinte, dass sie mit ihm auch über gewisse erotische Praktiken erzählen musste, die sie vielleicht bereits kennen gelernt hatte. Zum Beispiel über das Küssen. Das fand Benjamin sehr interessant. Unter seinen Freunden hatte man zwar immer mal über solche Dinge geredet, aber praktische Erfahrungen hatte niemand von ihnen. Die kesse Monika erklärte ihm, wie das mit dem Küssen geht. „Du musst den Arm um mich legen". Das wollte er vorsichtig tun, aber sie erklärte ihm, er solle seine Hände von ihr nehmen, sie wollte ihm nur erklären, wie das geht.

„Dann musst du theoretisch mit deinen Lippen meine Lippen berühren. Nur berühren. Das genügt erst einmal." Jetzt versuchte er gar nicht, ihre Lippen zu berühren, denn sie hätte das sicher nicht erlaubt. Offensichtlich machte er alles richtig, es schien ihr zu gefallen. Ihm gefiel das auch, obwohl eigentlich nichts passierte. Sie hatten inzwischen aufgehört zu reden und widmeten sich nur noch den Trockenübungen des Küssens.

Benjamin fand diese Idee des theoretischen Küssens durchaus aufregend. Es wurden Gefühle erzeugt, die ihm bisher fremd waren. Aber plötzlich wurde die Tür aufgerissen und ein Schrei war zu hören:

„Ich brauche Luft!"

Damit waren alle theoretischen Zärtlichkeiten vorerst beendet. Es war Fräulein Lauer, die die Tür zum Blasebalgzimmer aufgerissen und gebrüllt hatte.

Die beiden hatten offenbar angesichts ihrer heftigen Beschäftigung mit der Theorie des Küssens das Klingeln überhört. Gleich sprangen sie auf ihre Pumpenschwengel und pumpten was das Zeug hielt. Aber in den Orgelpausen machten sie ihre Trockenübungen des Küssens weiter.

Benjamin dachte, er habe jetzt vielleicht seine erste Freundin. Aber das war verkehrt. Monika erklärte ihm nach diesem Ausflug in das Dorf, er solle sich bitte keine Hoffnung machen. Sie brauche keinen Freund.

Das verstand Benjamin nicht. Er fragte sich in den Tagen danach, wie das wohl mit den Mädchen sei. Irgendwie waren sie sicher anders als die Jungen.

Später hörte er, dass Monika angeblich ihren Freundinnen gesagt hätte, mit einem Freund, der stottert, könne sie nichts anfangen. Da würde man ja von den Freundinnen ausgelacht.

Conny, der Reaktionär

Eine ganze Bande von Jungen der achten Klasse, die alle um die dreizehn, vierzehn Jahre alt waren, gehörten zu der Gruppe der gesellschaftlich unzureichend gefestigten Schüler. Da musste was getan werden, meinte die Schulleitung. Es ging nicht, dass es da welche gab, die sonntags in die Kirche gingen oder Westklamotten trugen. Sicher hörten sie zu Hause im Radio Westsender und schwärmten von dieser dekadenten Musik, dieser sogenannten Rock'n'roll-Musik. Wenn man dieses Gekreisch überhaupt Musik nennen konnte. Bei manchen hatte man Bilder von diesem Elvis Presley gefunden, dieser dekadenten Person, dessen Geheul manche verkommenen Subjekte Musik nannten.

Den Lehrer, der sich zur Aufgabe gemacht hatte, die besonders gefährdeten Kandidaten auf den richtigen, sozialistischen Weg zu bringen, nannten die Schüler Conny. Er hatte einige Lieblinge in der Klasse. Benjamin gehörte auch zu ihnen. Diese Lieblinge gehörten ausnahmslos zu den Kandidaten, die bei der Schulleitung als gesellschaftlich unzuverlässig betrachtet wurden. Conny hatte bei der Schulleitung versprochen, diese Bande junger Reaktionäre auf den rechten sozialistischen Weg zu bringen. Die Schulleitung hatte übersehen, dass sie mit Conny den Bock zum Gärtner gemacht hatte.

Conny traf sich gern mit einigen dieser reaktionären Schüler nach der Schule auf einem kleinen Platz in der Nähe der Schule. Dort fing er dann an, seinen Zöglingen eine ordentliche sozialistische Gesinnung beizubringen. Er schnauzte sie an, weil sie angeblich wieder das blaue Halstuch der Jungen Pioniere als Rotzlappen verwendet hatten. Er mahnte sie, die junge, parteitreue Deutschlehrerin, das Fräulein Meier, das niemand leiden konnte, zu achten und zu ehren.

„Nehmt euch ein Beispiel an Fräulein Meier. Sie ist ein sozialistisches Vorbild. Kennt jeden fortschrittlichen Dichter." „Auch wenn er Blödsinn geschrieben hat," fügte er leise hinzu.

Als Fräulein Meier ein halbes Jahr später in den Westen abgehauen war, schimpfte er auf diese Verräterin.

„Aber ihr lacht jetzt über sie, weil sie so verlogen gewesen ist. Sie hat unser Land verraten, weil sie glaubt, ihr geht es in diesem kapitalistischen Land besser als hier. Die wird sich umgucken und wird sich wundern, weil sie nicht mal genau weiß, wer Goethe gewesen ist." Leise ergänzte er: „Der war eigentlich auch ein Reaktionär."

Natürlich lachten die Schüler, denn sie wussten, alle Schimpfereien von Conny waren nicht ernst gemeint. Denn heimlich fragte er gelegentlich den jungen Hartwich, ob er eine bestimmte Sendung aus dem Westen gesehen habe. Conny wusste, Hartwichs hatten einen Fernseher.

Klar, die Familie Hartwich hatte einen Kurzwarenladen. Sie guckten immer Westfernsehen, was man an der Ausrichtung ihrer Antenne sah.

Dann schimpfte Conny auf die Sender aus dem Westen. „Alles Lüge, alles revanchistische Propaganda."

„Aber interessant ist es doch" fügte er leise hinzu.

Irgendwann hatte die Schulleitung von diesen revanchistischen Treffen erfahren. Denn Conny war plötzlich weg. Von einem seiner Verwandten erfuhr Hartwich, dass Conny vom Schulamt zur Rechenschaft wegen der negativen Einflüsse auf die Schüler gezogen worden war. Er habe sogar Sorge haben müssen, dass man ihn heftig bestraft. Deshalb sei er sofort in den Westen abgehauen.

Benjamin und Hartwich waren sicher, irgendjemand aus der Schülergruppe hatte Conny verpfiffen. Das bedeutete, die Schüler mussten sich vor ihren eigenen Kameraden vorsehen.

Benjamin war schon vor der Konfirmation der Jungen Gemeinde, der revanchistischen Jugendorganisation der evangelischen Kirche beigetreten. Die Mitgliedschaft in der Jungen Gemeinde war für die sozialistische Staatsmacht ein Verrat an der sozialistischen Sache. Als man seinen Antrag auf Aufnahme in die Oberschule ablehnte, war er sicher, jemand hatte seiner Schule Details seiner kirchlichen Aktivitäten verraten. Nach dem Weggang von Conny in den Westen überlegte er, wer Conny verpfiffen haben könnte.

Da gab es den Kandidaten Klaus, Kind eines Angestellten, der nie etwas Persönliches über sich selbst erzählte. Ein freundlicher Junge, der plötzlich sonntags gelegentlich die Kirche besuchte, obwohl es keinerlei Bindungen seines Elternhauses zur Kirche gab. Das war schon komisch. Denn bei allen Kindern, die irgendwelche kirchlichen Einrichtungen besuchten, gab es persönliche Beziehungen der Eltern zur Kirche.

Dieser Klaus hatte auch keine Freunde. Komisch, ein Junge von 13, 14 Jahren ohne Freunde? Das gabs in einer Kleinstadt der DDR eigentlich nicht. Viele Jahre später erfuhr Benjamin von einem seiner Schulfreunde, dass dieser Klaus ein erfolgreiches Mitglied der SED geworden war. Also war das vermutlich der Schuft, der Conny und vielleicht auch Benjamin verraten hatte.

Mutter Christels kriminelle Neigungen

Mutter Christel war gelegentlich ganze Wochenenden verreist. Benjamin fragte sie, wen sie bei diesen Reisen besuchen würde. Er bekam nur ausweichende Antworten. Aber er dachte sich nicht viel dabei. Immerhin hatte die Familie verstreut über das ganze Land eine Reihe von Bekannten und Verwandten. Da war die Schwester, die mit ihrer Familie inzwischen in Greifswald wohnte. Da waren die Familien in Leipzig, die Verwandten in Berlin und Freundinnen in Erfurt und in Eisleben.

In Sangerhausen war plötzlich die Familie des Großbauern Sieben-hühner verschwunden. Man wusste nicht, wohin, aber es war klar. Die Familie war nach dem Westen abgehauen. Siebenhühner war mit 100 Hektar Land einer der größten und wohlhabendsten Landwirte der Stadt gewesen. Natürlich hatte man ihm bei der Bodenreform nach dem Krieg schon einige hundert Hektar weg-genommen. Jetzt im Zuge der Vergesellschaftung der Landwirt-schaft sollte er mit seinem gesamten Hof in die LPG eintreten. Das vermutete man in der Stadt, nachdem die sozialistische Staats-macht Anfang der fünfziger Jahre begonnen hatte, die Vergesell-schaftung der Landwirtschaft intensiv zu betreiben.

Benjamin wunderte sich, als die Mutter und ein befreundeter Arzt aus dem Kirchenvorstand an einem späten Abend ein paar große Ölbilder anschleppten, die gleich bei Kramers im Wohnzimmer aufgehängt wurden. Benjamin fand die Bilder wunderbar und wurde angewiesen zu behaupten, diese Bilder gehörten der Groß-mutter und hingen dort seit er denken konnte.

Die Familie bekam plötzlich neues Geschirr. Echtes Meißner Por-zellan. Ein ganzes Kaffeeservice. Kaum jemand in der Stadt hatte solche Kostbarkeiten.

Benjamin freute sich über diese schönen Sachen, machte sich aber weiter keine Gedanken darüber, woher diese kostbaren Gegenstände kamen. Jahre später, als er sich etwas besser mit den Werten solcher Kostbarkeiten auskannte, war er sicher, der Wert dieser Gegenstände hätte auf dem Weltmarkt vermutlich mehr als 10000 Westmark betragen. Da hatte er inzwischen von seiner Mutter erfahren, woher diese Kostbarkeiten waren. Sie hatten dem Bauern Siebenhühner gehört. Dem hatte man in den 50er Jahren eine Frist für den Eintritt in die Landwirtschaftliche Produktionsgenossenschaft gesetzt. Diese Frist war so kurz gewesen, dass die Familie gleich ihre wichtigsten Sachen gepackt hatte. Der pensionierte Arzt aus dem Kirchenvorstand hatte die Familie nach Berlin gefahren. In das Auto hatten die großen Ölbilder und das Meißner Porzellan nicht mehr gepasst. Also musste man andere Wege suchen, damit diese kostbaren Gegenstände nicht der sozialistischen Staatsmacht in die Hände fielen. Auf diese Weise hatte Christel sie bekommen.

Sie gab aber später zu, sie hatte bei dieser ganzen Aktion – wie man so sagt – Blut und Wasser geschwitzt, denn auf dieser Art von Fluchthilfe stand natürlich Gefängnis.

Jahre später erfuhr Benjamin von seiner Mutter, dass diese Sache mit dem Bauern Siebenhühner in diesen Jahren nicht die einzige Fluchthilfe gewesen war, die Mutter Christel organisiert hatte. In der Stadt gab es schon bald so eine Art geheimes Netzwerk, das sich Personen annahm, die unbedingt in den Westen wollten oder mussten. Da gab es zum Beispiel einen ehemaligen Kantor an der Kirche St. Jakobi, den Vorgänger von Fräulein Lauer. Der war in der Kneipe an der scharfen Ecke mal in beschwipstem Zustand über das angebliche polnische Pack hergezogen. Zwei Jahre Gefängnis hatte ihm das eingebracht. Als der Kantor schließlich aus dem Knast entlassen wurde, hatten die beiden Fluchthelfer schon seine Familie nach Westberlin verfrachtet. Ihn selbst hatten Christel und der Arzt mit dem Auto aus dem Knast abgeholt und gleich nach Westberlin gefahren.

Die Zentrale dieses Netzwerkes war Christel Kramer, was natürlich niemand wissen durfte, denn darauf hätte Zuchthaus gestanden. Sie kannte etliche Menschen in der Stadt, kannte sich in Berlin, in dieser merkwürdig konstruierten Vierzonenstadt am besten aus, denn sie hatte in den dreißiger und vierziger Jahren in Berlin gelebt und gearbeitet. Schließlich hatte sie eine gehörige Portion kriminelle Energie, auf die Benjamin später mächtig stolz war.

Auf der sozialistischen Oberschule

Während der Grundschule hatte Benjamin den kirchlichen Religionsunterricht besucht. Das war natürlich in der sozialistischen Schulverwaltung mit Unwillen zur Kenntnis genommen worden. Deshalb hatte er wenigstens in der achten Klasse der Grundschule immer das blaue Pionierhalstuch getragen. Aber das genügte offenbar nicht. Als er den Antrag auf Aufnahme in die Sangerhäuser Oberschule stellte, wurde dieser Antrag ohne Begründung abgelehnt, obwohl er zu den besten Schülern der Klasse gehörte. Christel erfuhr lediglich von einer Lehrerin der Grundschule, von den Schülern der weitergehenden Schulen erwarte man mehr gesellschaftliches Engagement und eine positive Einstellung zum ersten Arbeiter- und Bauernstaat auf deutschem Boden. Das habe man bei Benjamin vermisst. Seine Zensuren waren zwar mehr als ausreichend für den Besuch einer höheren sozialistischen Lehranstalt, aber angesichts seiner unzureichenden und fehlerhaften Einstellung zum Sozialismus hatte man ihm mündlich empfohlen, einen Aufnahmeantrag für ein Internat in Thüringen zu stellen.

Man erklärte der Mutter Christel, der Junge könne vielleicht in einem solchen Internat gesellschaftlich gefestigt werden.
Ein Besuch im Internat wollte Mutter Christel nicht, denn sie hatte einige Pläne zur Beseitigung seiner Stotterei, um die sie sich selbst kümmern wollte. Es kam zu einem lautstarken Krach mit dem sozialistischen Schulrat, in dessen Verlauf sie dem Herrn Schulrat erklärte, wenn die Schulverwaltung weiterhin auf ihre Wünsche nicht einging, würde sie den Antrag stellen, legal die DDR zu verlassen. Nach dieser für eine Bürgerin der DDR unverschämten und staatsfeindlichen Aussage erwartete sie sogar ein gerichtliches Verfahren. Aber es kam anders. Die heftige Reaktion hatte genügt, um Benjamin den Weg auf die Oberschule zu öffnen.
Dieser bedenkliche Vorgang war nicht ausreichend, um Benjamin von kritischen Bemerkungen über den ersten Arbeiter- und Bauernstaat abzuhalten. Seinen neuen Klassenlehrer verwickelte er immer wieder in Diskussionen um die Frage, ob es nun noch ein höheres Wesen gibt, um die Geschickte und die Schöpfungsvorgänge dieser irdischen Welt zu lenken. Oder ob alles, was man auf dieser Welt an natürlichen Dingen sieht, Ergebnisse einer ungesteuerten Evolution sind, die sich quasi selbst erfunden hatte. Das war Gesprächsstoff, mit dem man sich stundenlang raufen konnte.
Zum ersten Mai fand wie in jedem Jahr in der Stadt der Maiumzug statt, an dem alle Schüler der Stadt mit blauen Halstüchern oder im Blauhemd der Freien Deutschen Jugend anzutreten hatten. Auf dem Wagen der Landwirtschaftlichen Produktionsgenossenschaft war ein großes Spruchband angebracht:

„Ohne Gott und Sonnenschein bringen wir die Ernte ein."

Für Benjamin war das eine gotteslästerliche Äußerung, über die er sich aber zunächst nur mit seinen Freunden aus der Jungen Gemeinde und dem Posaunenchor ausließ.
An einem der anderen Wagen war zu lesen:

„Der Mais der stramme Bengel, das ist die Wurst am Stängel"

Maisanbau war plötzlich die bahnbrechende Methode der sozialistischen Landwirtschaft der Sowjetunion. Die Landwirtschaftliche Produktionsgenossenschaft wurde für ihre gotteslästerliche Parole und für ihr bedenkenloses Übernehmen ungeprüfter Anbaumethoden hart gestraft. Das Jahr war kalt und nass, die Ernte miserabel, so dass die Menschen in der Stadt immer mal diskret äußerten, das hat man davon, wenn man Gott auf diese Weise lästert. Das mag der nicht so gern. Und die Sache mit dem Mais funktionierte auch nicht so, wie man sich gedacht hatte. Der schwere Boden der Goldenen Aue und der viele Regen wurden vom Mais offensichtlich nicht allzu sehr geliebt.
Beim Maiumzug verließen Benjamins Schulfreunde schon an einer der nächsten Straßenecke in der Nähe von Kramers Garten die geordneten Reihen, kletterten bei Kramers über den Gartenzaun und warteten, bis der Umzug sich weit entfernt hatte. Dann rannten sie nach Hause und erzählten vermutlich ihren Eltern, dass der Umzug nicht lange gedauert habe.
Bei einem der obligatorischen Ernteeinsätze in den Sommerferien, bei denen alle etwas älteren Schüler der DDR eingesetzt wurden, erklärte der Bauer den jungen Leuten, als sie an einem Feld voller großer Unkrautpflanzen stehen geblieben waren: „Das ist Mais."
„Wo ist Mais?" fragten die Schüler. Der Bauer hatte eine Hacke dabei und hackte etwas Unkraut weg, bis zur Erheiterung der

Schüler einige kleine Maispflanzen in einer Höhe von größeren Gänseblümchen zum Vorschein kamen.

Die Pflanzen blieben mickrig, so dass man sich in mancher LPG entschloss, in den folgenden Jahren in der Region kein Mais mehr anzubauen.

Benjamin konnte sich nicht verkneifen, ein paar Wochen später gegenüber seinem Klassenlehrer ein paar lästerliche Bemerkungen über die Spruchbänder der Landwirtschaftlichen Produktionsgenossenschaft, den verregneten Sommer und die miserablen Maispflanzen fallen zu lassen. Das gab natürlich wieder ein paar negative Punkte in seiner Schulakte.

Benjamins Leistungen auf der Oberschule waren in den meisten Fächern dank nachbarlicher Hilfe und geschickter Betrügereien mehr als ausreichend. Er war froh, dass einige seiner Freunde aus der Kindheit in seine Klasse gingen. So ergaben sich sehr schnell kleine Arbeitsgruppen, in denen man sich gegenseitig half, das geforderte Schulpensum zu erledigen.

In der Oberschule hatte er sich entschlossen, im vom jungen und etwas strengen Mathelehrer gegründeten Schulorchester Tenorhorn zu spielen. Er war sicher, wenn er hier wohlwollende Bereitschaft zeigte, würde ihm angesichts seiner notorischen Faulheit auch im Fach Mathematik kein Ungemach passieren. Gepaart mit seiner Stotterei, seinem persönlichen Handicap, unter dem er litt, würde er genug Wohlwollen ernten, dass ihm nichts passierte.

Dieses „Orchester" bestand aus einer Geige, einem Cello, einem Kontrabass, einem Akkordeon, einem Tenorhorn und einer Klarinette. Es klang – wie man bei diesem Instrumentarium nicht anders erwarten konnte - furchtbar und war eigentlich wegen der kakophonischen Klänge ein Affront gegen das sozialistische Liedgut, das man zu spielen hatte. Aber die Schulleitung konnte mit

Stolz vermelden, man hatte eine weitere Einrichtung zur Verbreitung von sozialistischem Liedgut. Angesichts der mangelhaft musikalisch gebildeten Schulleitung fiel die Kakophonie der musikalischen Versuche offiziell nicht auf.

Benjamin kalkulierte, wenn er da mitspielt, dient das dem Nachweis einer sozialistischen Gesinnung. Der junge und energische Mathelehrer würde ihm kaum etwas antun. Tatsächlich bekam er in seinen Zeugnissen in Mathematik immer gute Noten. Schon deshalb schätzte er diesen Lehrer sehr, der angesichts seines jugendlichen Alters den Spitznamen Filius bekommen hatte.

Die Mitgliedschaft in diesem sozialistischen Schulorchester genügte leider nicht für den überzeugenden Nachweis einer sozialistischen Einstellung. Seine Aktivitäten bei den kirchlichen musikalischen Einrichtungen waren Grund genug, um ihm gelegentlich massiv die fehlende sozialistische Gesinnung vorzuwerfen. Er scheute auch keine Diskussion mit seinem Klassenlehrer über die Frage, ob es nun ein höheres Wesen gibt oder nicht. Für den Klassenlehrer, einen überzeugten Atheisten, war es klar, einen Gott, der solche schrecklichen Dinge wie Weltkriege und Judenvernichtungen zulässt, kann es nicht geben. Und wenn es ihn gibt, kann man gern auf ihn verzichten. Benjamin erklärte in solchen Fällen, man könne kein höheres Wesen für die Verbrechen und die Blödheit der Menschen verantwortlich machen. Es hätte dann vielleicht auch die Schnapsidee mit dem Sozialismus verhindert. Das waren wieder defätistische Äußerungen, die in seiner Schulakte vermerkt wurden.

Benjamin wusste von seinem Freund und angehenden Theologen Julian Mrozek, den er aus dem Posaunenchor und aus der Jungen Gemeinde kannte, dass es inzwischen in der DDR einige junge Pfarrer gab, die durchaus mit dem sozialistischen System einverstanden waren, weil sie sicher waren dass diese Art der gesell-

schaftlichen Ordnung viel gerechter war als der im Westen ge-
pflegte ausbeuterische Kapitalismus. Es gab sogar Theologen, die
den ausbeuterischen Westen verlassen hatten, um im Sozialismus
eine gerechtere Welt zu erleben[1]. Sie kannten, wie Benjamin viele
Jahre später erfuhr, noch nicht die Akkumulation von Vermögen
in die eigenen Taschen, die zum Beispiel in der Sowjetunion von
Kolchosvorsitzenden oder Fabrikleitern gepflegt wurde.
So kam es gelegentlich zu herzerfrischenden Diskussionen, die
Benjamins Freunde zu Warnungen veranlassten, solche Sprüche
zu unterlassen, denn auf diese Weise würde er sich alle Chancen
in diesem sozialistischen Land verscherzen.

Beim Klassenfeind

In den ersten Sommerferien auf der Oberschule hatten sich einige
Schüler beim örtlichen Spenglermuseum gemeldet. Dieses Museum war verantwortlich für die archäologischen Ausgrabungen
in der Nähe des südlich von Sangerhausen gelegenen kleinen Or-
tes Voigtstedt. Das Dorf lag in der östlichen Goldenen Aue, die ihren Namen angeblich von flämischen Siedlern im frühen Mittelal-
ter bekommen hatte. Die hatten das Land urbar gemacht und hatten sich erfreut an den wunderbar wogenden goldenen Weizen-
feldern und den Goldstücken, die der kostbare Weizen ein-
brachte.
In den dreißiger Jahren hatte dort der alte Spengler, ein Sangerhäuser Handwerker und Sammler von Altertümern das Skelett ei-

---

[1] Dazu gehörte auch der Vater einer späteren Bundeskanzlerin

26

nes ganzen Mammuts gefunden, ausgegraben und nach Sangerhausen gebracht. Nun stand dieses gewaltige Gerippe im neu erbauten Museum in der Nähe des Sangerhäuser Bahnhofs.

An diesem Grabungsort bei Voigtstedt, wo sich vor vielen hun-
derttausend Jahren vermutlich ein großer See befunden hatte,
grub man immer noch Knochen von eiszeitlichen Tieren aus. Da
gab es Knochen von Riesenhirschen, Fischwirbel und gelegentlich
das Zahnstück eines Mammuts.

Benjamin war unter den jungen Archäologen, die das Museum
aus der Oberschule für die Sommerferien angeworben hatte. Sein
Vetter Karli ebenfalls. Karli, der gewöhnlich seine Sommerferien
bei Großmutter und Tante verbrachte, war mit seinen siebzehn
Jahren der älteste unter den Ausgräbern.

Benjamin und Karli vertrugen sich wunderbar und machten gemeinsam allerlei Blödsinn. So hatte sie die Großmutter angewiesen, nach ihrer Arbeit den Apfelwein, den sie jedes Jahr herstellte,
auf Flaschen zu ziehen mit dem Ergebnis, dass die beiden Bengel
am Ende dieser Arbeit einen tüchtigen Schwips hatten. Natürlich
hatte auch Benjamin von diesem nicht ungefährlichen Getränk
probiert. Er hatte sich gewundert, dass das Leben plötzlich so
leicht und lustig geworden war. Auch die Hühner hatten von den
Resten dieses Getränks getrunken, torkelten und gakelten lustig
auf dem Hof umher.

Für die jungen Leute war diese Arbeit in der Tongrube eine Gaudi.
Es war Sommer, selten gab es mal ein paar Regentropfen. In der
nahen Ziegelei gab es ein kleines Schwimmbad, und unter den
jungen Helfern gab es auch ein paar Mädchen aus den umliegenden Dörfern. Schnell kamen sich die Mädchen und die Schüler der
Sangerhäuser Oberschule näher. Es gab bald erste Bemühungen,
den jungen Dorfmädchen das Küssen beizubringen. Karli war der
Älteste mit einer gewissen Portion Erfahrung. Er erklärte den anderen Jungen, was es mit dem Zungenkuss auf sich hatte. Aber

davon wollten einige der Mädchen nichts wissen. Sie waren sicher, diese Leckerei ist absolut unanständig. Eines der Mädchen war so naiv, dass es glaubte, von diesen Zungenküssen könnte man schwanger werden und beobachtete, wie später zu hören war, wochenlang ihre Freundinnen, ob sich bei denen gewisse Wölbungen in der Bauchgegend einstellten. Sie war am Ende doch froh, dass sie sich geirrt hatte.

Die Jungen waren nur bei wenigen der jungen Damen erfolgreich, denn die Mehrzahl der jungen Damen genierten sich vor ungewohnten erotischen Übungen, die die dreisten Oberschüler von ihnen erwarteten.

Das junge Volk hatte also genug Abwechslung. Weil man ohne Aufsicht war, passierte es manchmal, dass die zugeteilten Grabungsquadrate erst kurz vor Feierabend umgegraben und kartiert wurden. Diese Schummelei war selbst durch bestens geschulte Archäologen kaum nachzuweisen.

Nach vier Wochen archäologischer Grabungsarbeit holten sich Benjamin und Karli ihr Geld vom Museum ab. Etwa 300 Ostmark bekam jeder von ihnen. Karli fuhr gleich zu seinen Eltern, die im Südharz in ihrem Wochenendhäuschen den Sommer verbrachten. Am Tag darauf hob Benjamin von seinem Sparbuch noch eine kleine Summe ab. Ihm blieb noch eine gute Woche Ferien. Der Mutter erklärte er, er wolle zu den Verwandten nach Leipzig fahren, um nach schicker Kleidung zu sehen. Dort sei sicher die Auswahl viel größer als in dem kleinen Sangerhausen.

Am folgenden Morgen stellte er sich an die Straße nach Halle. Bald hielt ein Motorradfahrer an, der ihn bis nach Halle mitnahm. Der war sogar so freundlich und brachte Benjamin bis zur Autobahn in Richtung Berlin. Dort erwischte er einen weiteren Motorradfahrer, der ihn bis nach Michendorf mitnahm. Von dort lief er zu Fuß bis nach Potsdam. In Potsdam bestieg er die S-Bahn und fuhr, weil es damals noch keine Mauer gab, bis zum Westberliner

Wedding zu Tante Meta, einer Cousine von Mutter. Die machte große Augen als sie den Jungen sah und fragte ihm gleich Löcher in den Bauch nach dem Grund dieses Besuches. Er erzählte ihr, dass er Geld gespart habe, um sich ein paar schicke Sachen in Westberlin kaufen zu können.

Tante Meta schenkte ihm noch zwanzig Westmark und bot ihm das Sofa im Wohnzimmer zum Schlafen an. Am folgenden Tag tauschte er sein Ostgeld von den Ausgrabungen um und hatte insgesamt um die hundertzwanzig Westmark. Damit ging er einkaufen. Tante Meta hatte ihm ein paar Geschäfte genannt, in denen man preiswert Klamotten einkaufen konnte. Dort kramte er zum Leidwesen der Verkäuferinnen intensiv im Warenangebot herum. Diese Damen hatten natürlich gleich kapiert, dass es sich bei Benjamin um einen Ossi handelte. Sie waren sicher, nachdem sie seine Stotterei bemerkt hatten, dieser Bengel ist nicht ganz richtig im Kopf. Aber sie ließen ihn wühlen. Am Ende hatte er sich eine wunderbare helle Jeans, zwei tolle bunte Hemden und in einem Schuhladen ein paar Slipper ausgesucht. Für Mutter und Großmutter kaufte er noch ein wenig Schokolade und Kaffee ein. Die beiden sollten auch was von seiner Reise haben.

Am folgenden Tag fuhr er auf dem gleichen Weg per Anhalter zurück und kam endlich am frühen Abend wieder in Sangerhausen an.

Die Mutter saß im kleinen Saal und erledigte irgendwelche Küchenarbeiten. Als sie ihren Sohn in den neuen Westklamotten sah, fiel ihr beinahe das Messer aus der Hand.

„Wo kommst du her?" fragte sie entsetzt.

„Aus Berlin. Schönen Gruß von Tante Meta. Hab' mir von meinem Museumsgeld ein paar neue Klamotten gekauft."

„Bist du verrückt? Hattest du keine Angst, dass sie dich an der Grenze schnappen?"

„Nö, ich hätte gesagt, ich will meine alte Tante Wally in Hohen Neuendorf besuchen."

‚Dieser Bengel' dachte die Mutter. ‚Gerade erst sechzehn und macht solche Zicken.'

„Denk nicht, dass die Ausrede mit Tante Wally gereicht hätte. Es gab Fälle, da hat man die jungen Leute in diesem Alter für solche Faxen in irgendwelche Erziehungsanstalten gesteckt."

Benjamin grinste, sagte aber nichts, sondern zeigte seiner Mutter die hübschen Sachen, die er sich gekauft hatte.

Am gleichen Abend verpasste er sich noch eine neue Frisur. In der DDR trugen in dieser Zeit alle Jungen einen sportlichen Haarschnitt mit kurzen nach hinten gekämmten Haaren. In Westberlin hatte er junge Männer gesehen, die ihre kurzen Haare nach vorn auf die Stirn gekämmt hatten. Sie erinnerten Benjamin an das Erscheinungsbild von Bert Brecht, den er inzwischen dank der Dreigroschenoper schätzen und verehren gelernt hatte.

Am ersten Schultag nach den Ferien ging er mit neuen Klamotten und neuem Haarschnitt in die Schule. Gleich redete die halbe Schule über diese unglaublich tolle Hose und dieses bunte Hemd in einer Art, wie man es in der Stadt noch nie gesehen hatte. Und manche der Mädchen fanden auch diesen neuen Haarschnitt ziemlich aufregend.

Diese aufreizenden Hemden trug er aber nicht oft in der Schule. Oberschüler waren Zwangsmitglieder in der FDJ. So wurde er von der Schulleitung gelegentlich daran erinnert, dass er als Mitglied der FDJ natürlich das übliche Blauhemd zu tragen habe. Und ein solcher dekadenter Haarschnitt passe auch nicht für einen Schüler einer sozialistischen Bildungsanstalt der DDR.

„Sie kennen doch sicher Berthold Brecht" erklärte er in unverschämter Weise seinem Klassenlehrer. „Gucken Sie sich mal an, was der für einen Haarschnitt trug."

Der Klassenlehrer wollte ihm gleich einen kräftigen verbalen Tadel verpassen, aber da fiel ihm vermutlich Brechts Bild ein. Klar, der hatte eine ähnliche Frisur getragen.

Reaktionäres Schwein

Wenige Monate nach seinem heimlichen Ausflug nach Berlin kam Benjamin wütend aus der Schule. „Ich haue ab!" erklärte der sechzehnjährige Grünschnabel seiner Mutter und knallte seine Schultasche neben den Schreibtisch.

Die Mutter wunderte sich nicht mehr über solche Ausbrüche. Ein bisschen neugierig war sie doch, wohin der Bengel abhauen wollte. „Wohin willst du abhauen?" fragte sie deshalb ihren Sohn.

„In den Westen. Wohin denn sonst?"

Die Mutter überlegte eine kleine Weile, dann fragte sie: „Was war denn wieder los?"

Benjamin hatte sich an seinen Schreibtisch gesetzt und knetete sich vor Wut die Finger.

„Der blöde Schulrat kam heute in die Staatsbürgerstunde bei der roten Spatz und erklärte mir vor versammelter Mannschaft, ich sei das reaktionärste Schwein der Schule. Diese rote Sau! Ausgerechnet der! Kommt zu uns in die Staatsbürgerkunde, hört eine Weile dem Unterricht der roten Spatz zu. Dann hält er eine Rede, man habe gehört, in dieser Klasse gäbe es reaktionäres Gedankengut. Und am Ende lässt er mich aufstehen und sagt diesen Satz vom reaktionärsten Schwein. Mein Nachbar Holzapfel erklärte mir später, kein Wunder, wenn ich an meiner Jacke das Zeichen von der Jungen Gemeinde trage, dazu die Westhosen und drunter das Blauhemd von der FDJ."

Die Mutter ahnte schon, was da wieder passiert war. Irgendwelche gesellschaftsfeindlichen Sprüche. Wegen manchem Spruch ihres Sohnes war sie gelegentlich vom Klassenlehrer in die Schule zitiert worden. Mit der Zeit ahnte sie, dass der Bengel in diesem Land keine Zukunft hatte. Der Klassenlehrer hatte sie beim letzten Gespräch dringend darum gebeten, sie solle zusehen, dass der Sohn sich mit seinen Äußerungen zurückhält, sonst kann er Straßenkehrer werden.

Recht hatte er. Denn als Benjamin Jahrzehnte später zufällig die schriftliche Beurteilung des Schulrates zu seinem Abitur bekam, las er dort unter anderem folgendes:

„...Benjamin hat versucht, die Anforderungen des Unterrichtes nach Kräften zu erfüllen. In den sprachlichen Fächern ist er durch einen schweren Sprachfehler stark gehemmt. Er ist laufend in ärztlicher Behandlung.

Thomas ist aktives Mitglied der evangelischen Kirche. Schon seit der Grundschulzeit gehört er den Posaunenbläsern der evangelischen Gemeinde an. Er versucht, kirchliche Tendenzen unter seinen Klassenkameraden zu verbreiten und wirkt so negativ auf das Klassenkollektiv ein. In den gesellschaftswissenschaftlichen Fächern Deutsch, Geschichte, Staatsbürgerkunde und in den FDJ-Stunden gab es viele Aussprachen, die ihn aber nicht auf den richtigen Weg führten. Allerdings hält er sich in letzter Zeit mehr zurück...

Benjamin hat einen Hang zum Extravaganten, der sich deutlich in Haarschnitt und in seiner Kleidung ausdrückt... "[2]

Als seine Mitschüler Jahre später diesen Text lasen, lachten sie. Einmütig erklärten sie: „Das konnte gar nicht anders sein. Gut, dass du damals abgehauen bist."

---

[2] Dieser Text ist der realen Beurteilung des Schülers entnommen, der hier die Hauptperson der Geschichte ist. Der Name wurde allerdings geändert.

Die Mutter hatte geahnt, dass die Beurteilung ihres Sohnes so ähnlich aussehen würde. Jetzt erklärte sie ihrem Sohn: „Mit dem Westen musst du noch ein bisschen warten. Wenn du noch nicht achtzehn bist, schicken dich die Westberliner Behörden gleich wieder nach Hause. Dann kannst Du hier Straßenkehrer werden." Oder Theologe, dachte sie. Aber ihren Sohn als stotternden Pfarrer konnte sie sich auch nicht vorstellen. ‚Obwohl', überlegte sie, ‚das wäre ja mal was Neues, das gäbe eine Menge Aufsehen in der Kirche'. Im Stillen hatte sie sich längst darauf eingestellt, dass sie beide abhauen würden, wenn der Sohn das Abi bestanden hatte. „Oder wir gehen zusammen" sagte die Mutter. Benjamin war überrascht, sowas hatte sie noch nie gesagt. Aber was würde mit der Großmutter werden und mit dem Haus und dem Garten? Es schien, als habe sie seine Gedanken gelesen. „Das Haus müssen wir bald verkaufen" erklärte sie. „Omas Schwester Wally in Hohen Neuendorf will zu ihrer anderen Schwester Gertrud ins Siegerland. Tante Wally gehört die Hälfte des Hauses. Die Behörden lassen sie nur gehen, wenn sie ihren Teil vom Haus verkauft oder an Oma verschenkt. Aber was soll Oma mit dem Haus? Wenn wir gehen, muss das Haus ohnehin verkauft werden. Und der Garten dazu. Der gehört mir. Der Holzhändler Strenge in der Jakobstraße hat mich schon gefragt. Der will sich im Garten ein Haus bauen. Unser Haus nimmt vielleicht der Autoschlosser Müller aus der Kylischen Straße. Da könnten wir in dessen Wohnung ziehen. Jedenfalls ein paar Tage bis wir abgehauen sind."

Benjamin war platt. Die Mutter hatte also selbst schon Pläne gemacht, um dieses Land zu verlassen. Wie er feststellte, schon ganz konkrete Pläne, über die sie mit ihm noch nicht geredet hatte. Etwas später, als er Mutters Fluchthilfepläne genauer kannte, wunderte er sich nicht mehr über ihre destruktiven und staatszersetzenden Talente.

„Tante Wally, Großmutters Schwester in Hohen Neuendorf muss gehen" erklärte die Mutter. „Sie bekommt neben ihrer mickrigen Ostrente die Pension von ihrem Mann aus Westberlin. Der war vor dem Krieg in Wilmersdorf Schulrat bis die Nazis ihn wegen mangelhafter vaterländischer Gesinnung aus dem Schuldienst entlassen hatten. Jeden Monat kriegt sie knapp 1000 Westmark. Jeden Monat fährt sie nach Westberlin, holt sich ein paar Westmarkt vom Konto, tauscht sie um und hat genug zum Leben in Hohen Neuendorf. Wenn man das Westgeld in Ostmark umrechnet, sind das um die 4000 Ostmark. Das ist mehr Geld als das Monatsgehalt Ulbrichts, dem Vorsitzenden des Staatsrats. Aber Tante Wally erzählte, an der Grenze zwischen Frohnau im Westen und Hohen Neuendorf wird auf der Ostseite immer mal Baumaterial abgeladen. Steine und irgendwelche Betonteile. Das geht ja nicht ohne die Zustimmung der ostdeutschen Behörden. Die haben an der Grenze was vor. Vielleicht eine Mauer bauen. ‚Wenn die Grenze dicht gemacht wird‘, hatte Tante Wally festgestellt, muss ich von der DDR-Rente leben. Also hungern."

Die Mutter erzählte, dass Tante Wally seit Monaten ihre legale Ausreise betreibt. Für die DDR-Behörden waren solche Aktionen von Rentnern eine willkommene Gelegenheit, unnütze Esser und Rentenkassierer los zu werden. „Sie schreibt schon alles auf, was sie mitnehmen will. Alle Möbel, alles Geschirr, jede Stecknadel und alle Unterhosen. Alles muss in eine Liste in dreifacher Ausführung. Da nimmt sie auch unser Silber, unser Meissner Porzellan und vielleicht die teuren Ölbilder mit. Jedenfalls die kleineren. Das alles können wir drüben gut gebrauchen."

Benjamin war sprachlos. Seine Mutter organisierte offenbar seit Monaten die Flucht nach dem Westen, und er hatte nichts davon gewusst. Er hatte sich ein bisschen gewundert, dass sie immer mal nach Berlin fuhr. Öfter jedenfalls als früher. Sie war früher immer mal gefahren, weil Benjamins Vater, der inzwischen in Kanada lebte, gelegentlich Geld für seinen Sohn nach Westberlin schickte. Das waren die Alimente für ihn. Aber jetzt war sie fast jeden Monat gefahren.

„Wir müssen gehen. Es gibt Gerüchte, dass die Ostdeutschen irgendwann die Grenzen dicht machen. Dann kommen wir nicht mehr an das Geld, das dein Vater schickt. Das ist zwar nicht allzu viel, aber verzichten können wir nicht darauf. Warum auch?"

Für die Mutter waren die Pläne klar. Tante Wally würde im Winter 1961 übersiedeln, Haus und Garten müssten bis dahin verkauft sein. Bis zum Spätsommer könnte man das Geld vom Garten nach Westberlin und die Großmutter zu ihrer anderen Tochter Marie gebracht haben. Um Benjamin kümmerte sich Christel in dieser Zeit wenig. Der lernte artig für die Schule – er tat jedenfalls so - und bekam lediglich gelegentlich Mahnungen, ordentliche Noten nach Hause zu bringen. Die einzige Abwechslung für Benjamin war seine neue Freundin Angelika und die Kirchenmusik an der Jakobikirche.

Mit Angelika ging er seit einem guten Jahr. Sie hatten beide inzwischen den Ruf des klassischen Liebespaares. Jedenfalls gab es manche Mitschüler, die sich schon lustig machten über dieses Paar.

‚Die stellen sich an, als planten sie schon ihr Hochzeitsfest', wurde gelegentlich unter den Schulkameraden geflüstert.

Als Benjamin seiner Freundin Angelika erklärte, er wolle nach dem Westen, brach für sie ein Stück Welt zusammen. Sie wusste natürlich, mit seinem reaktionären Verhalten würde er in der DDR nie studieren können. Außer vielleicht Abfallwirtschaft. Aber sie wusste, er wollte gern Architekt werden. Für dieses Fach hatte er in der DDR keine Chance. Große Lust am Bau der hässlichen sozialistischen Plattenbauten hatte er sicher auch nicht. Von den anderen Sachen, also von den Zwängen um Haus und Garten und den Alimenten für Benjamin hatte Angelika nie was gehört.

„Komm doch mit", hatte ihr Benjamin erklärt, als er ihr klar machte, dass es keinen Ausweg für ihn gab als in den Westen zu gehen. Aber das wollte sie nicht. Beide wussten, dass die westlichen Behörden sie sofort zurückschicken würden, weil sie nicht volljährig war.

„Wenn wir gehen, bin ich achtzehn. Wir könnten gleich in Westberlin heiraten", schlug er ihr vor, aber auch das wollte sie nicht. Das verstand Benjamin nur zu gut. Denn sie müsste Abschied nehmen von ihrer Familie und ihren beiden Kätzchen, die sie so liebte. „Du könntest später nachkommen, nach deinem Abitur." Aber dazu sagte sie nichts, sie glaubte, wie sie ihm später sagte, nicht daran, dass sie eine Trennung von zwei Jahren durchhalten würden. „Du hast dann längst eine andere" erklärte sie ihm gelegentlich. Da war sie sich ganz sicher. Denn in der Schule hatte es einige Mädchen gegeben, die sich für ihn trotz seiner Stotterei und seiner Hautprobleme interessiert hatten.

Im Posaunenchor wussten nur Stephan Weidel und Julian Mrozek von Benjamins Plänen. Die beiden wollten auch gehen. Julian studierte Theologie und hatte, wie Benjamin Jahre später erfuhr, einigen Leuten geholfen, nach dem Westen zu kommen. Julian hatte, wie Benjamin später verstand, ein bisschen Angst, dass seine Fluchthilfe irgendwann bei der Stasi bekannt würde. Dann wäre er dran, auch wenn er nur ein paar Koffer getragen oder Fahrkarten besorgt hätte. Als Benjamin seinem Freund Julian von seinen Fluchtplänen erzählte, erklärte Julian, „geh' sofort! Wenn Du das Abizeugnis hast, geh' sofort. Irgendwas passiert diesen Sommer. Man weiß nicht genau was, aber die sozialistische DDR will nicht mehr zusehen, wie ihr die Menschen weglaufen. Angeblich sind in den letzten gut zehn Jahren schon drei Millionen aus der DDR abgehauen. Viele junge Leute, Abiturienten, junge Akademiker, viele Facharbeiter. Ein Aderlass, den sich kein Land auf die Dauer leisten kann."

Benjamin hatte kapiert, was Julian sagte. Aber irgendwie hatte er das Gefühl, dass Julian Dinge wusste, die nur in den verborgenen Räumen der sozialistischen Nomenklatura bekannt waren.

Herbst 1960
Großmutters Kummer

Als die Großmutter von den Plänen ihrer Tochter und ihres Enkels hörte, schien eine Welt bei ihr zusammen zu brechen. Sie versank in tiefe Trauer, denn sie hatte sofort verstanden, sie musste die Stadt verlassen, in der sie beinahe achtzig Jahre gelebt hatte. Das Haus, in dem sie geboren worden war und wo sie mit ihren Eltern, ihren Geschwistern und später mit ihren beiden Töchtern Jahrzehnte gelebt hatte. Ihr Vater hatte lange vor dem ersten Weltkrieg auf diesem Grundstück das Haus für die Familie mit seinem Steinmetzbetrieb gebaut. Sie erinnerte sich, in der sogenannten Gründerzeit hatten sie zu den wohlhabenden Familien der Stadt gehört, denn damals war viel gebaut worden. Da brauchte man viele Stürze und Gewände aus Sandstein für die Fenster, die Carl Lehmann in seiner Werkstatt anfertigte. Mit dem vielen Geld hatte er weitere Häuser und einen großen Garten in der Nachbarschaft und Äcker in der Goldenen Aue gekauft. Die Häuser hatte er zwar schon durch kurzsichtige Spekulationen in der Inflationszeit verloren, aber die Äcker gehörten noch der Familie. Sie waren verpachtet und lieferten nach dem Krieg statt Pacht Kartoffeln für die Familie und Getreide für Großmutters Hühner und für manche Maus in Kramers Haus.

Großmutter hatte sich schon als junge Erwachsene um den großen Garten gekümmert. Dieser Garten gehörte zu den schönsten Gärten der Stadt. Ein Biedermeiergarten, angelegt mit den typischen Rondellen und Lauben der Zeit. Leider war der vordere Teil der Biedermeieranlage in den letzten Tagen des Krieges durch eine Bombe zerstört worden.

Der erste Weltkrieg hatte diese Familie ruiniert. Großmutters Ehemann Erich war in Frankreich in der Nähe von Metz gefallen als die beiden Töchter noch kleine Kinder waren. Großmutters Bruder Ulrich war in einer Schlacht in Österreich elend umgekommen. Der Steinmetzbetrieb musste aufgegeben werden, weil Großmutters Vater zu alt war. Das wenige Geldvermögen war durch die Inflation vernichtet worden. Jetzt lebten sie von kleinen Renten und von der Vermietung einiger Wohnungen.

Als die beiden Töchter herangewachsen waren, hatte Großmutter so gut wie jeden Tag im Garten gearbeitet. Die Tiere im Garten, ein paar Vögel und eine Igelfamilie hatten großes Vertrauen in sie. Wenn sie in den Garten kam, rannten oft schon ein paar Igel auf sie zu in der Hoffnung, ein wenig zu fressen zu bekommen. Sie wurden nicht enttäuscht, denn in Großmutters Taschen war immer was für die Tiere zu fressen. Und wenn Großmutter pflanzte, hackte oder grub, setzte sich gelegentlich eine Meise oder eine Amsel auf ihre Schulter und pickte zärtlich an ihrem Ohr.

Diesen wunderbaren Garten musste sie jetzt nach fast achtzig Jahren aufgeben. Schon in den ersten Frühlingstagen war der Garten verkauft. Das bedeutete, die Großmutter war im Zustand einer Art Arbeits- und Heimatlosigkeit. Lediglich die große Wäsche und das gelegentliche Backen großer Blechkuchen blieben ihre Aufgabe. Sie kompensierte diesen Verlust mit Reisen zu ihrer anderen Tochter an die Ostsee und zu ihrer Schwester Gertrud ins Siegerland. Die Tochter war in Greifswald mit einem Professor der Romanistik verheiratet und hatte drei Kinder, von denen die Großmutter bei Bekannten immer wieder behauptete, sie seien sehr intelligent und würden sicher bedeutende Akademiker werden. Die Professorenfamilie wohnte in Greifswald in einem Haus mit einem großen Garten, das die Stadt dem Herrn Professor und seiner Familie vermietet hatte. Die Großmutter hatte ihrer Tochter versprochen, dass sie dort der Gartenarbeit, ihrer liebsten Tätigkeit, nachgehen würde. Darüber war die Tochter sehr erfreut, denn die einzigen Dinge, wofür sich diese Tochter interessierte, waren der Gesang und Waldspaziergänge.

Wenn die Großmutter zu Hause war, überfiel sie immer wieder der Kummer über den anstehenden Verlust ihrer Heimat. Sie weinte um die Hühner, die sich die Familie während des Krieges angeschafft hatte und die sie so liebte. Die hatten in der schlechten Zeit immer Eier und leckere Hühnerbeine geliefert. Auch wenn sie den Hof immer wieder vollschissen, Großmutter liebte sie. Aber in diesem Frühjahr mussten alle geschlachtet werden.

Auch Benjamin trauerte um die Hühner. Besonders eines dieser Hühner mit Namen Jenny war ihm sehr ans Herz gewachsen. Als dieses arme Tier noch ganz klein gewesen war und seine Geschwister wegen des kalten Frühjahrs gestorben waren wie die Fliegen, hatte Benjamin diese arme kleine Jenny in sein Herz geschlossen. Er hatte das Hühnchen sogar nachts mit ins Bett genommen, damit es nicht fror. Wenn er nach der Schule am Schreibtisch saß und Schularbeiten machte, saß es auf dem Schreibtisch und bekam eine Extraportion Weizen. Danach steckte er das kleine Tier in seinen Pullover. Da war es schön warm. Dort saß es dann und war sehr zufrieden. Oder er setzte es neben seine Bücher und Hefte, da konnte es zugucken, wie Benjamin in seine Hefte schrieb. Das beobachtete das Tier sehr aufmerksam, bis es ihm zu langweilig war. Dann setzte es sich mitten auf sein Heft, wo er gerade schrieb. Das bedeutete, nun hör mal mit der Schreiberei auf und spiel mit mir. So hatte dieses kleine Wesen das kalte Frühjahr überlebt. Natürlich hatte Jenny immer mal einen Klacks auf einem von Benjamins Heften oder sogar auf dessen Hemd hinterlassen. Aber das nahm Benjamin gelassen hin. Er liebte seine Jenny zu sehr.

Als das Hühnchen groß war, beschützte es Benjamin vor allem vor den frechen Junghähnen, die gern den kleinen Benjamin angriffen, wenn er aus dem Haus kam. Dann war gleich Jenny zur Stelle und hackte die frechen Hähne weg.

Jetzt musste auch dieses Lieblingshuhn Jenny nach acht Jahren glücklichem Hühnerleben auf dieser Erde sterben. Mit Tränen in Großmutters und Benjamins Augen schlug die Großmutter Jennys Kopf ab. Von der Hühnersuppe, die Christel aus Jennys Überresten gekocht hatte, aß Benjamin keinen einzigen Happen.

Einem Huhn nach dem anderen wurde in diesen Wochen der Kopf abgehackt. Benjamin musste die Tiere halten, die Großmutter - mit Tränen in den Augen - zog ihnen die Schnäbel lang und hackte mit dem Beil den Hals durch. „Festhalten" brüllte sie dann. Aber Benjamin machte sich den Spaß und ließ die armen kopflosen Tiere noch einmal fliegen. In der Regel flogen sie über die Laube im Hof, hinterließen eine Spur Hühnerblut und landeten auf einem der Beete. Dann gab es am Wochenende Hühnerfrikassee.

Die Großmutter war die älteste Tochter des Steinmetzen Carl Lehmann gewesen. Sie hatte vor dem ersten Weltkrieg mit einer standesgemäßen Aussteuer geheiratet. Ihre schweren Eichenmöbel, die teuren Bilder und das kostbare Klavier waren immer noch in Gebrauch. Alle diese kostbaren Stücke mussten nun nach Greifswald. Das alles organisierte die Tochter Christel.

Die Großmutter freute sich zwar, dass sie nun bei ihrer anderen Tochter und ihren Enkeln in der Nähe der Ostsee wohnen würde, wenn da nicht der Schwiegersohn gewesen wäre. Der Professor, der es nicht ertragen konnte, wenn das Gebiss seiner Schwiegermutter beim Essen manchmal klapperte, hatte sie schon vor Jahren von den gelegentlichen gemeinsamen Mahlzeiten vertrieben. Er konnte oder wollte das Gebissklappern nicht ertragen. Er lobte sie zwar gelegentlich, dass sie sich um den Garten kümmerte. Aber all' ihre Mühen und ihr Fleiß konnten das Gebissklappern nicht kompensieren. Da ging es ihr nicht anders als dem kleinen Hund, den die Enkelin so liebte. Der lebte in einem Zwinger und durfte das Haus nicht betreten, weil er vielleicht bellen würde. So musste die Familie über viele Jahre unter den Empfindlichkeiten des Herrn Professor leiden.

Insgeheim wünschte sich die Großmutter auch noch ein paar Hühner, aber da fürchtete sie zu Recht, dass der Herr Professor was gegen Hühner haben könnte. Die würden wahrscheinlich auch die Terrasse am Haus vollscheißen. Selbst wenn der Professor nie auf dieser Terrasse saß, allein der Anblick eines kleinen Häufchens Hühnerscheiße hätte ihn tief beleidigt.

Dieser Umbruch in ihrem Leben war alles andere als eine Freude für die Großmutter. Manchmal meinte sie, es sei gut, dass die meisten ihrer Freundinnen schon gestorben seien. So habe sie hier in der Heimat kaum noch einen Menschen, den sie näher kannte. Aber das Haus, der Garten und die Hühner würde sie sehr vermissen. Wenn sie allein war und darüber nachdachte, was sie alles verlieren würde, kamen ihr die Tränen.

Sie war immer mal trotz des klappernden Gebisses nach Greifswald gefahren, weil sie gern bei ihrer anderen Tochter und ihren Enkeln war. Bei einem dieser Besuche hatte sie ihrer Tochter Marie von den Plänen ihrer anderen Tochter erzählt. Es blieb natürlich nicht aus, dass der Herr Professor davon hörte. Er schrieb Christel gleich einen Brief, in dem er sie bat, die Fluchtpläne aufzugeben. Sie würden seiner Stellung als Professor an der Universität nicht förderlich sein. Christel ärgerte sich natürlich über diesen Brief und schrieb gleich zurück. Wenn er helfen würde, dass ihr Sohn Benjamin einen Studienplatz in seinem gewünschten Fach bekäme, könnte man darüber reden. So erledigte sich die Sache, denn der Professor krümmte natürlich keinen Finger für seinen angeheirateten Neffen.

Seine Ehefrau, die lustige Marie, die am liebsten nur Musik machte und im Wald wanderte, erklärte ihrer Schwester, sie solle ihren Mann, den Herrn Professor, nicht allzu ernst nehmen. Aber sie trauerte darum, dass sie ihr Schwesterherz mit ihrem geliebten Neffen Benjamin nun vielleicht über Jahre nicht mehr sehen würde. Denn den kleinen Benjamin hatte sie schon bald nach dessen Geburt in ihr Herz geschlossen und hatte ihm den Spitznamen Fiedel gegeben.

Benjamins Bemühungen

Benjamin musste so tun, als plane er seine Zukunft für ein Leben in der DDR. Auch wenn er in den Augen der Staatsmacht ein Reaktionär war, musste er so tun, als wollte er auch mit seiner nicht konformen Gesinnung ein nützliches Glied der sozialistischen Gesellschaft sein. Dass das möglich war, bewiesen einige der sogenannten Friedenspfarrer, die zwar die sozialistische DDR als das bessere Deutschland betrachteten, aber immer noch an Gott und an die Heilsbotschaften der Bibel glaubten. Die Kinder dieser sogenannten sozialistischen Theologen hatten es natürlich besser als der junge Reaktionär Benjamin, der nicht einmal zur Arbeiterklasse gehörte. Man wusste einiges über seine Herkunft. Natürlich war einer seiner Vorfahren, der Steinmetz Carl Lehmann, ein Kapitalist gewesen, der vermutlich seine Arbeiter ausgebeutet hatte. Es gab sogar Gerüchte, dass einer von Benjamins Vorfahren eine preußische Adelsperson gewesen war. Diese Sorte von dekadentem Adelsgeschmeiß gehörte nicht in den fortschrittlichen Arbeiter- und Bauernstaat DDR. Diese grundsätzlichen gesellschaftlichen Defizite hätte man auch mit den größten Anstrengungen nicht beseitigen können.

Aber der Verdacht, dass Benjamin vielleicht Absichten hatte, die DDR zu verlassen, musste unbedingt vermieden werden. Denn eine Flucht dieser Art war ein Verbrechen und konnte mit Gefängnis bestraft werden.

Also tat Benjamin einiges, um der sozialistischen Obrigkeit nachweisen zu können, dass er vielleicht doch ein nützliches Glied dieser Gesellschaft werden wollte. Seine Idee, an einer Technischen Hochschule Architektur zu studieren, wurde ihm von der Schulleitung sofort negativ beurteilt. Mit der Begründung, er habe sich nicht neben dem Schulbetrieb für die Ausbildung als Maurer bereit erklärt. Sein Argument, angesichts seiner notwendigen wöchentlichen Besuche des logopädischen Instituts in Halle sei das gar nicht möglich gewesen, interessierte die Schulleitung nicht.

Ein Studienplatz an der Kunsthochschule in Halle-Giebichenstein zu bekommen, scheiterte. Die wollten nicht einmal irgendwelche Arbeiten von ihm sehen. Er bekam gleich eine Absage. Die Hochschule für Grafik und Buchkunst in Leipzig gewährte ihm wenigstens einen Vorstellungstermin. Mit einer dicken Mappe an Zeichnungen und Aquarellen fuhr er nach Leipzig. Der zuständige Mensch schaute sich flüchtig Benjamins Werke an. Sein Kommentar: „Ob Sie begabt genug sind, ist nicht zu erkennen. Machen Sie erst einmal eine Lehre zum Beispiel als Schriftsetzer. Dann können wir weitersehen."

Das rote Fräulein Spatz, eine der jüngsten Lehrerinnen an der Schule, hatte wohl von der Schulleitung gehört, dass Benjamin Interesse an der Leipziger Hochschule für Grafik und Buchkunst gezeigt hatte. Sie hielt ihn an, als sie sich zufällig im Flur begegneten und erklärte ihm, für ein Studium der Buchkunst müsse man eine ausreichend gefestigte gesellschaftliche Gesinnung haben. Das sei ja nun bei ihm, wie man weiß, nicht der Fall. Er solle sich ein Studium an der Leipziger Hochschule aus dem Kopf schlagen.

Die anschließenden Bewerbungen bei verschiedenen Verlagen waren vergeblich. Der Betrieb, der ihm eine Lehrstelle anbieten konnte, war die Baugenossenschaft in Sangerhausen. Dort könnte er den Beruf des Maurers lernen.

Alle Absagen hob Benjamin sorgfältig auf, um sie später im Westen der dortigen Aufnahmebehörde vorzeigen zu können. Jahre später hatte er verstanden, seine Schule hätte es für gut gefunden, wenn er sein Leben als Maurer oder Straßenarbeiter verbracht hätte.

Ein heftiger Aderlass

Das junge und gesellschaftlich gefestigte Fräulein Spatz war zwei Jahre zuvor als eine Art Hospitantin an die Oberschule gekommen. Sie war nach ihrem Germanistikstudium zunächst als FDJ-Leiterin an die Schule gekommen und unterrichtete nebenbei ein paar Stunden Deutsch und Staatsbürgerkunde. Eine selbstbewusste blonde junge Dame mit festem Blick aus blauen Augen, Mitglied in der SED, immer im FDJ-Blauhemd über den weiblichen Rundungen. Für jedes Problem dieser Welt hatte sie eine sichere sozialistische Lösung. Sie war überzeugt, der Hunger auf dieser Welt ließe sich sofort beseitigen, wenn man endlich in den Wüsten Gobi und Sahara Weizen und Kartoffeln anbauen würde. Sie glaubte, sowjetische Forscher hätten herausgefunden, auf Birken würden auch Äpfel und Birnen wachsen. Mit all diesen sozialistischen Erfindungen müsste kein Mensch auf dieser Welt mehr Hunger leiden.

Benjamin mit seinem bekannten defätistischen und reaktionären Gedankengut und seinen sonntäglichen Kirchenbesuchen hatte sofort bei ihr einen schlechten Stand. Wahrscheinlich hatte die sozialistische Schulleitung unter der Rektorin, dem ältlichen Fräu-

lein Frieda Loewe mit ihrem schwarzen Bolero, weißen Kniestrümpfen und dem angegrauten Bubikopf, die junge Kollegin
gleich instruiert, welche üblen und gesellschaftlich unzuverlässigen Kandidaten sich unter ihren Schülern befinden. Zu denen gehörte auch Benjamin. Jedenfalls erlebte Benjamin, dass im
Deutschunterricht jede seiner Antworten kritisiert wurde. Wenn
er erklärt hätte, der Himmel ohne Wolken ist blau, hätte sie an
dieser Antwort noch etwas auszusetzen gehabt. Das fand Benjamin ziemlich blöd, aber es war nicht zu ändern. Wenigstens waren
seine schriftlichen Arbeiten in der Regel befriedigend, so dass er
sich keine gewaltigen Sorgen machte. Vielleicht hatte sie auch ein
wenig Mitleid mit ihm wegen seiner Stotterei.

In der zwölften Klasse, die Benjamin und seine Freunde jetzt besuchten, war das Fräulein Spatz endlich als hauptamtliche Lehr-
kraft eingesetzt. Sie trug nun keine Blauhemden mehr und spielte
auch nicht mehr die allwissende FDJ-Leiterin. Irgendwie schien sie
sogar für Benjamin ein wenig Sympathie zu empfingen, denn sie
lobte einen seiner Aufsätze über die gelungene Flucht eines von
den Nationalsozialisten zum Tode Verurteilten in solch hohen Tö-
nen, wie er es selten in seiner Schullaufbahn erlebt hatte.

Kurz nach den Sommerferien kam in eine der Deutschstunden mit
Fräulein Spatz die Schulleiterin Frieda Loewe. Sie sprach Fräulein
Spatz sehr leise an. Deren Gesicht verfärbte sich leicht rosa. Sie
nahm ihre Geldtasche, ihren Schlüssel und verließ schnell das
Klassenzimmer. Fräulein Loewe begann mit einer kurzen Vorlesung über den großartigen Sozialismus, wie er schon in der Sowjetunion erreicht war. Die Schüler waren so höflich, unterdrück-
ten manches Gähnbedürfnis und taten so, als interessiere sie der
Stand der sozialistischen Errungenschaften im größten Bruder-
land der DDR.

Es dauerte etwas mehr als zwanzig Minuten bis Fräulein Spatz die
Klasse wieder betrat. Sie hatte ein strahlendes Gesicht, schien

überglücklich zu sein und erklärte der Klasse und der Direktorin, sie habe eben geheiratet und hieße jetzt Frau Mjetschnik. Die Schüler waren sprachlos. Frieda Loewe gratulierte herzlich. Die Deutschlehrerin schrieb ihren neuen Namen an die Tafel. Als sie fertig geschrieben hatte, klingelte die Schulglocke zur Pause. Die neue Frau Mjetschnik und die Direktorin Loewe verließen gemeinsam den Klassenraum und ließen eine ganze Schulklasse ratlos zurück.

Der erste, der die Sprache wiedergefunden hatte, war Jörg aus Wallhausen. „Der Kerl ist sicher ein Pole – so wie der heißt. Die haben per Telefon geheiratet" behauptete er, womit er sicher Recht hatte. „Wie machen die das jetzt mit der Hochzeitsnacht? Schickt der Pole die Spermien durch die Telefonleitung? Vielleicht auch eine neue sozialistische Erfindung."

Während der anschließenden großen Pause ging die Nachricht über diese außergewöhnliche Hochzeit wie ein Lauffeuer über die Schüler auf dem Schulhof. Es gab Schüler, die diese Geschichte nicht glaubten, aber sie wurden bald eines anderen belehrt, denn das Namensschild an der Klassentür der neunten Klasse, die die Mjetschnik seit den Sommerferien leitete, war schon ausgewechselt worden.

Diese wundersame deutsch-polnische Hochzeit blieb tagelang Gesprächsthema in der Schule und bald auch in manchen Kreisen der Stadt. Zumindest die Eltern der Schüler rätselten herum, was das für eine merkwürdige Geschichte war. Mit dem Telefon war also eine Form der Eheschließung möglich, die es zuvor nur in Kriegszeiten gegeben hatte. Erst später erfuhr man, dass es den gewöhnlichen Polen nicht erlaubt war, die DDR zu besuchen, denn die Grenze nach Westberlin war immer noch offen. Man hätte das ungeliebte, sozialistische polnische Vaterland verlassen können. Also musste man, wenn man den Verlockungen des Kapitalismus erlegen war, sich zum Beispiel eine DDR-Braut oder einen DDR-Bräutigam suchen. Wenn man sie gefunden hatte, musste man sie per Telefon oder in Polen heiraten und die Auserwählten gegebenenfalls zu einer Flucht überreden.

Benjamins Leistungen auf der Oberschule waren in den meisten Fächern dank nachbarlicher Hilfe und geschickter Betrügereien mehr als ausreichend. Er war froh, dass einige seiner Freunde aus der Kindheit in seine Klasse gingen. So hatten sich schon früh schnell kleine Arbeitsgruppen gebildet, in denen man sich gegenseitig half, das geforderte Schulpensum zu erledigen. Diese Arbeit verstärkte sich, je näher das Abitur heran rückte. Benjamin arbeitete mit Max, Barbara und mit Marita, einem schwer behinderten Mädchen zusammen. Deshalb traf man sich in der Regel bei Marita, die wegen ihrer Behinderung nur sehr schlecht laufen konnte. Max, Barbara und Marita kümmerten sich in der Regel um die Lernfächer. Benjamin, der sehr gut zeichnen und malen konnte, hatte in dieser Gruppe die Aufgabe, alle Arbeiten, die im Kunstunterricht anfielen, zu erledigen. Er musste sich nur Mühe geben, für die einzelnen Arbeiten unterschiedliche Stile anzuwenden, um nicht dem Vorwurf ausgesetzt zu sein, dass alle Kunstwerke von ihm stammen. Weil er beidhändig veranlagt war, zeichnete er die Arbeiten entweder mit der rechten oder mit der linken Hand. Manchmal verwendete er auch beide Hände. Dafür durfte er alle gelösten Aufgaben, die für die naturwissenschaftlichen Fächer zu erledigen waren, bei Max, Barbara oder Marita abschreiben. Eine feine Sache. Benjamin malte, zeichnete und machte Linolschnitte bald auch für die halbe Klasse und bekam dafür die gelösten Hausaufgaben ins Haus gebracht.

Marita wohnte in einem Gebäude gegenüber der Post. Eines Tages im Spätherbst - nur wenige Wochen nach der merkwürdigen Hochzeit - erklärte sie, die Mjetschnik und ihr Pole, ein kleiner Kerl, der inzwischen in der Stadt war, besuchten immer wieder

die Post, um irgendwelche Pakete abzuliefern. „Das kann nicht sein, dass der Pole so viele Geschenke zum Weihnachtsfest an seine polnische Familie schickt."
„Na ja", meinte Max, „vielleicht gibt's hier Sachen, die es in Polen nicht gibt. Thüringer Würste zum Beispiel oder Harzer Käse." So ganz wollten das die anderen nicht glauben. „Vielleicht hat der Pole eine riesige Verwandtschaft. Sechs Geschwister, die alle schon Kinder haben." Das Rätsel ließ sich nicht lösen. Der Abiturstoff war auch wichtiger. Für Benjamin war auch noch eine andere Sache wichtiger. Ein paar Jungen aus dem Schulorchester, in dem Benjamin das Tenorhorn blies, hatten eine kleine Band gegründet, mit der sie auf dem weihnachtlichen Schülerball ein paar Songs vortragen wollten. Benjamin wollte singen. Er hatte sich unter anderem Mac the knife, die englische Version von Mackiemesser aus der Dreigroschenoper ausgesucht. Die war gerade groß in Mode und konnte angesichts ihrer Urheber Bert Brecht und Kurt Weill kaum zur dekadenten westlichen Ami-Musik gehören. Sie übten mit Erlaubnis der Schulleitung gelegentlich nachmittags in der Aula der Schule. Eine Gitarre, ein kleines Schlagzeug und Benjamin als Sänger. Einige Lehrer hatten manchmal kurz durch die geöffnete Tür nachgesehen, was für komische Musik in der Aula zu hören war. Einwände gab es nicht, denn man war sicher, die Sache war von der Schulleitung genehmigt.
Der Schulball vor Weihnachten war neben dem Abiball das größte gemeinsame Schulfest, das jedes Jahr im Schützenhaus gefeiert wurde. Man tanzte, flirtete, trank Fassbrause und erzählte sich alle möglichen Geschichten aus dem Schulalltag. Die Tanzmusik zum Schülerball kam vom Band oder von schwarzen Schallplatten. Mehr konnte sich die Schule nicht leisten.
Bei diesem Ball gab es noch die zusätzliche Einlage der neuen Schulband mit dem englischen Mac the knife. Die Jungen spielten

prächtig auf ihren Instrumenten und Benjamin sang voller Hingabe seinen englischen Text. Der Vortrag dauerte nur ein paar Minuten. Aber kaum war der letzte Ton verklungen, sprangen die Schüler im Saal auf und begannen einen tosenden Jubel. Die Jungen aus Benjamins Klasse stürmten auf die Bühne, schnappten sich Benjamin, hoben ihn hoch auf ihre Schultern und stürmten mit ihm in zwei Runden durch den Saal. Das war eine Art des Jubels, wie man ihn in dieser Schule noch nie erlebt hatte.

Nach dem Ball brachte man die Schülerinnen nach Hause. Die Schüler aus entfernteren Dörfern schliefen bei Freunden in der Stadt. Aber es gab zwei Dörfer, die waren nicht weiter als drei Kilometer entfernt. Da wurden die Mädchen gemeinsam nach Hause gebracht. Zum Abschied gab es mit manchem Mädchen noch eine heftige Knutscherei, von der weder die Eltern noch die Schule was wissen durften. Denn diese Art von erotischen Übergriffen widersprachen den Regeln der sozialistischen Moral, auf die man in der Schule großen Wert legte.

Angelika übernachtete bei Kramers im Haus. Sie schlief natürlich auf dem Sofa im Wohnzimmer. Mehr als ein Küsschen zur guten Nacht gab es nicht.

Am Montag nach dem Weihnachtsball wurde Benjamin zum stellvertretenden Direktor zitiert. Das war ein unangenehmer Kerl mit einer so breiten Schnauze, dass ihm die Schüler schon vor Jahren den Spitznamen „Frosch" gegeben hatten. Benjamin überlegte, was er wieder angestellt hatte, aber ihm fiel nichts weiter ein. Von Frosch kam ein heftiger Tadel, weil er nach Froschs Meinung bei seinem Song den Brecht'schen Text mit einer englischen Übersetzung verballhornt hatte. Überhaupt ähnelte der Auftritt sehr der Art des Vortrags, den man bei amerikanischen Jazzsängern vermutete. „Sie haben gegen die Prinzipien der sozialistischen Kultur verstoßen. Ich erwarte, dass das nicht wieder vorkommt."

Als Benjamin das Zimmer verließ, dachte er, ‚schon wieder war was verkehrt. Selbst Bert Brecht und Kurt Weill gehören zu den dekadenten Künstlern. Alles was er anpackte, war in den Augen der Schulleitung irgendwie daneben.'

Nach dem Besuch beim Frosch hatten sie Englisch bei dem jungen Lehrer Piske, dem die Schüler den Spitznamen Mr. Pipe gegeben hatten. Man hatte Piske kaum begrüßt, als er Benjamin aufforderte, aufzustehen. Benjamin überlegte, was er jetzt schon wieder ausgefressen hatte. Piske begann: „Benjamin, von Ihnen haben wir zum Schulball einen bemerkenswerten Vortrag gehört." Benjamin dachte: ‚noch eine Rüge'. Aber es kam anders. „Ich habe in dieser Schule noch nie einen so perfekten Vortrag in englischer Sprache gehört. Das war ausgezeichnet, Benjamin. Sie bekommen für diesen Vortrag eine Eins." Er nahm das Klassenbuch, öffnete es und trug die Eins in Benjamins Zensurenspalte. Etliche von Benjamins Mitschülern klopften Applaus auf den Bänken. Benjamin war eine Weile sprachlos. Dann bedankte er sich und erklärte, diese Note sei sein schönstes Weihnachtsgeschenk. Es war angesichts seiner notorischen Faulheit die einzige Eins, die er jemals im Fach Englisch bekommen hatte.

Benjamin freute sich nach dieser überraschenden Belohnung auf Weihnachten. Auch wenn er wehmütige Gedanken hatte. Bei der Großmutter hatte er in den letzten Tagen gelegentlich Tränen in den Augen gesehen. Mutter erklärte ihm später, sie hat kapiert, dass dieses Weihnachten das letzte in ihrem geliebten Elternhaus sein würde, in dem sie beinahe achtzig Jahre zuvor geboren worden war und ihr ganzes Leben verbracht hatte.

Das Weihnachtsfest war für Benjamin und seine Mutter ausgefüllt mit nur wenigen Geschenken. Eine Weihnachtsgans gab es wie jedes Jahr trotzdem. Die alte Bäuerin Frau Höfer aus Sotterhausen hatte sie wie jedes Jahr im Rucksack gebracht. Das war die Pacht für Kramers Acker, den Höfers seit Jahren nutzten.

Die Mutter hatte sich vor den Feiertagen zwei ganze Tage mit dieser Gans beschäftigt. Und es gab viel Weihnachtsmusik. Mutter und Sohn sangen im Kirchenchor, Benjamin blies Posaune im kirchlichen Posaunenchor. Nur die Großmutter war melancholisch und hatte immer wieder Tränen in den Augen. Immer mal jammerte sie, dass sie nun ihre Heimat verlieren würde. Sie tröstete sich damit, dass sie künftig bei der anderen Tochter und deren Kindern wohnen würde, die sie eigentlich viel mehr schätzte als Benjamin, denn diese hatten einen Professor als Vater. Benjamins Erzeuger war nur Ingenieur gewesen, der zudem bald nach dem Krieg seine kleine Familie verlassen hatte. Die andere Tochter war verheiratet mit einem Ordinarius für romanische Sprachen, der an der Universität in Greifswald lehrte. Die Familie hatte Glück, das Haus, in dem sie wohnten, war groß genug. Da gab es genug Platz für die Großmutter.

Am ersten Tag nach den Weihnachtsferien wurde die Klasse von ihrem Klassenlehrer daran erinnert, dass das Abitur anstand und Lernen die wichtigste Aufgabe eines verantwortungsbewussten Abiturienten war. Das dachten sich die Schüler schon und hatten mit Überlegungen begonnen, welche Art von gewissen Schummeleien in einem solchen Abitur sinnvoll und diskret waren. Der Schulalltag nahm aber schon in der dritten Stunde eine bemerkenswerte Wende. Mitten in der Geschichtsstunde beim Klassenlehrer Rufus wurde plötzlich die Tür geöffnet und die Rektorin Frieda Loewe mit ihrem obligaten schwarzen Bolerojäckchen und den weißen Kniestrümpfen betrat mit ernstem Gesicht die Klasse. Die Schüler erhoben sich, wurden aber gleich von der Rektorin gebeten, sich wieder zu setzen. Mit Grabesstimme teilte sie folgendes mit:

„Ich muss Ihnen heute die traurige Mitteilung machen, dass Ihr Englischlehrer Piske unsere Deutsche Demokratische Republik unter Verletzung unserer Landesgrenzen verlassen hat. Der Englischunterricht wird Ihnen bis zum Abitur von Herrn Albrecht erteilt."

Die Loewe drehte sich rum und verließ die Klasse. In der Klasse herrschte Totenstille bis der Lehrer Rufus seine historischen Ausführungen fortsetzte.

Von den Schülern gab es keinen Kommentar. Erst in der Pause auf dem Schulhof wurde dieses Ereignis ausgiebig mit den Schülern der anderen Klassen beredet. Benjamin freute sich, dass Mr. Pipe ihm mit einer Eins für den Mackie-Messer-Vortrag noch ein gutes Werk getan hatte. Vermutlich war das die letzte Note gewesen, die der Englischlehrer Piske an dieser Schule vergeben hatte.

Am folgenden Tag kam die Rektorin schon wieder in die Klasse. Wieder mit ernstem Blick. Dieses Mal teilte sie mit, dass der Erdkundelehrer Gottscheid die Deutsche Demokratische Republik in verbrecherischer Weise unter Verletzung der Landesgrenze verlassen habe.

„Kein Wunder", meinte später Benjamin auf dem Schulhof. „Der Mann war katholisch, seine Frau sang im Kirchenchor. Die hatten noch kleinere Kinder, sie wollten sicher, dass die Kinder ohne die ständigen bolschewistischen Repressionen und Gängeleien aufwachsen."

„Mal sehen wer noch abhaut," bemerkte Max leise in der Pause. Aber daran glaubte zunächst niemand. Die Lehrer, die jetzt noch an der Schule waren, waren mehrheitlich in einem Alter, in dem man nicht alles stehen und liegen lässt. Ausgenommen der Sportlehrer Arnold, der Mathelehrer Filius und - aber das konnte man sich kaum vorstellen - die Mjetschnik. Die war die Jüngste. Butze äußerte zwischendurch mal diesen Gedanken. Denn die war in der ersten Deutschstunde nach den Ferien angeblich krank gewesen.

Am dritten Tag in der vierten Schulstunde, in der eigentlich die Mjetschnik Staatsbürgerkunde unterrichten sollte, kam der Geschichtslehrer Rufus und erzählte was von Stundenplanänderung. Kaum hatte er mit dem Unterricht begonnen, betrat erneut die Rektorin Loewe den Klassenraum. Mit steinernem Gesicht, ganz in Schwarz, Tränen in den Augen und mit den Händen ringend setzte sie an: „ich" - schluchz – „muss Ihnen die Mitteilung machen, dass Ihre Lehrerin Frau Mjetschnik" – schluchz – „die Deutsche Demokratische Republik unter Verletzung unserer Staatsgrenzen nach Westdeutschland verlassen hat." Fünf Sekunden Totenstille, dann fingen die ersten an zu lachen, wurden aber sofort energisch von der Loewe unterbrochen. „Was gibt's da zu lachen. Das ist ein verbrecherischer Akt gegen unsere Republik." Sofort verließ sie das Klassenzimmer.

Rufus setzte ohne weiteren Kommentar den Geschichtsunterricht fort, bei dem es um die Verbrechen der Nationalsozialisten ging. Niemand hörte hin, denn was er da sagte, war den klassenbewussten Oberschülern bekannt. Man wartete auf das Pausenzeichen. Alles stürmte nach draußen und teilte die Neuigkeiten den anderen Schülern mit. Viele hatten schon davon gehört und lachten aus vollem Halse. Auf dem ganzen Schulhof wurde gelacht und wurden Witze über diese rote Mjetschnik und ihre sozialistische Gesinnung gemacht. Nur einige wenige Schüler, die zu den überzeugten Sozialisten gehörten, standen abseits und diskutierten mit ernsten Mienen über diesen verräterischen Akt der angeblich von den Segnungen des Sozialismus überzeugten Frau Mjetschnik.

Jahrelang hatte sie mit heißem Herzen die Fortschritte des Sozialismus verkündet. Jetzt war klar, es war alles nur Geschwätz gewesen. Für die sozialistische Schulverwaltung eine Katastrophe. Für die kleine Schule, in der es ohnehin nur um die zwanzig Lehrer gegeben hatte, war der Verlust von drei Lehrern ein empfindlicher Aderlass, so dass die Schulleitung plötzlich erhebliche Probleme hatte, den Schulunterricht in ordentlicher Weise zu sichern.

DDR-Abitur

Benjamin hatte sich erkundigt: gleichgültig, ob er jetzt in der DDR das Abitur bestand oder nicht, wenn er im Westen studieren wollte, musste er dort das Abi noch einmal machen. Aber er kalkulierte, wenn er ohne oder mit einem miserablen Ergebnis in den Westen kam, würde man ihn vielleicht zum westlichen Abi nicht zulassen. Also lernte er fleißig mit seinen Schulfreunden. Mit seiner Mutter hatte er vereinbart, dass sie gemeinsam unmittelbar nach den Abitur-Feierlichkeiten Anfang Juli abhauen wollten. Die hatte zwar gestöhnt, weil in dieser kurzen verbliebenen Zeit noch so viele Dinge zu regulieren waren, aber Benjamin ließ ihr keine Zeit. Er hatte immer noch die Worte seines Freundes Julian Mrozek in den Ohren: „Fahrt sofort, gleich nach dem Abitur."

Seine engsten Schulfreunde Marita, Barbara und Max spekulierten auch immer mal darüber, ob und wann sie abhauen wollten. Marita wäre gern gegangen, aber dank ihrer Behinderung, die sie ohne fremde Hilfe nicht bewältigen konnte, sah sie keine Möglichkeit, allein in den Westen zu gehen. Ihre Eltern wären niemals mitgekommen, denn der Vater arbeitete im Bergbau und hatte dank der schweren Arbeit einige gesundheitliche Probleme. Er sah kaum eine Möglichkeit, im Westen eine Arbeit zu finden, mit der er seine Familie ernähren konnte. Bei Max war es nicht anders. Auch dessen Vater arbeitete im Schacht, zudem war die Familie nach dem Krieg aus Schlesien gekommen. Sie wussten, was es heißt, das Land zu verlassen und sich in einem fremden Land eine neue Existenz aufzubauen. Barbara wollte zwar gehen, aber ihre Mutter zögerte. Sie hatte eine gute Stelle in der Polyklinik, und auch sie hatte 1945 mit zwei kleinen Kindern und großen Entbehrungen und Nöten eine Flucht aus Ostpreußen hinter sich gebracht. Barbara wollte in jedem Fall noch mit ihrer Mutter ein paar schöne Wochen im Sommer an der Ostsee verbringen.

Für die Abiturienten war klar, in den Fächern, deren Lehrer abgehauen waren, konnten sie nicht mehr durchfallen. Da gab es einige Väter, die im Parteiapparat eine gewisse Rolle spielten. Die hätten dafür gesorgt, dass es im Abitur keine größeren Katastrophen gab.

Kurz nach dem schriftlichen Abitur stand für Kramers der Umzug in die Wohnung vom Autoschlosser Müller in der Kylischen Straße an. Da war wenig Zeit zum Lernen. Da musste Benjamin der Mutter helfen, denn auch Großmutters Sachen mussten gepackt werden.

Benjamins Mutter hatte den Transport der Möbel organisiert. Die besten Eichenmöbel, die noch aus Großmutters Aussteuer stammten, hatte sie mit einer Spedition nach Greifswald zur anderen Tochter geschickt. In der Kylischen Straße stand nur noch uraltes Gerümpel, das zum Teil noch von Großmutters Eltern stammte. In einen alten Kleiderschrank hängte Benjamin sein blaues FDJ-Hemd zur Freude und Erbauung der Genossen auf, die die Wohnung als erstes betreten würden.

Benjamin hatte nach dem schriftlichen Abitur und der Nachricht, dass er im Mündlichen in Mathe drankommen würde, seine mathematische Zahlentafel mit Bleistifteinträgen wunderbar präpariert. Er hatte eigentlich nach dem schriftlichen Abi kein so schlechtes Gefühl über seine Leistungen gehabt. Aber es war möglich, dass die Lehrer das anders gesehen hatten, zumal die Aufgaben, die von der Berliner Zentrale für die ganze Republik gestellt worden waren, ziemlich schwer gewesen waren. Die mündliche Prüfung im Fach Russisch bestand er mit seinem gewohnten

Trick, so mächtig zu stottern, dass die Lehrer aus lauter Mitleid seine Leistung als ausreichend bewerteten. Vor der Matheprüfung, die er als erster der Prüflinge zu bestreiten hatte, bat ihn der junge Mathelehrer mit dem Spitznamen Filius, seine Zahlentafel im Vorbereitungsraum für die anderen Prüflinge liegen zu lassen. Ihm rutschte sinnbildlich beinahe das Herz in die Hose. Was würde passieren, wenn die Prüfer seine Bleistift-Einträge in diese Zahlentafel entdeckten. So blieb er in der Schule, bis die gesamte Matheprüfung vorbei war. Nach dem letzten Delinquenten rannte er in das Vorbereitungszimmer, schnappte sich seine Zahlentafel, radierte alle Eintragungen aus dem Buch, steckte es ein und verließ die Schule. Er war sicher, selbst wenn im Nachhinein jemand käme, um die Zahlentafel zu kontrollieren, waren seine Schummeleien nicht mehr nachzuweisen. In den Tagen danach hörte er von anderen Prüflingen großes Lob. „Benny, deine Zahlentafel war spitze. Toll, wie Du die präpariert hattest."

Auf diese Weise bestand Benjamin das Abitur in der DDR.

Mitten in die Freude des bestandenen Abiturs war in den Westsendern ein Spruch von Ulbricht zu hören, der die Menschen in der DDR signalisierte. Ganz unvermittelt hatte er in einer Pressekonferenz mit seinem gewohnten sächsischen Idiom gesagt: „Niemand hat die Absicht, eine Mauer zu errichten." Da war es klar, der Vorsitzende des Staatsrates gab allen, die noch abhauen wollten, einen wichtigen Tipp. Das was sehr nett von ihm, auch wenn diese Mauer eine unmenschliche Unverschämtheit sein würde. Was sie schließlich auch war.

Wenige Tage vor der Abiturfeier war Benjamins Mutter nach Berlin gefahren. Sie hatte sich die 6000 Ostmark, die sie vom Holzhändler Strenge für den Garten bekommen hatte, in den Büstenhalter gesteckt, um das Geld in Westberlin umzutauschen. Es war für sie eine Fahrt geworden, bei der sie Blut und Wasser geschwitzt hatte. Wenn es eine Leibesvisitation gegeben hätte, wäre das Geld weg gewesen. Vielleicht hätte sie sogar wegen versuchten Devisenschmuggels ein paar Jahre Zuchthaus bekommen. Benjamin verbrachte drei Tage in Angst, aber er war sicher, seine Mutter würde dieses Problem schadlos überstehen. Sie war couragiert genug. Zwei Tage vor der Abiturfeier wollte sie wieder in der Stadt sein. Benjamin ging zur Ankunft des Zuges auf den Bahnhof, und tatsächlich nahm er seine strahlende Mutter in Empfang. Es hatte alles geklappt. Das Geld hatte Onkel Friedrich in Westberlin gleich umgetauscht. Das war der erste Notgroschen für den Beginn im Westen.

Die Abiturfeier war für Benjamin eine eher enttäuschende Angelegenheit. Er erhielt zwar sein Zeugnis mit der Note „Befriedigend", aber die schriftliche Beurteilung war verheerend. Alle seine Sünden gegen den sozialistischen Geist waren da aufgezählt. Man vermutete, die renitente Haltung dieses Jungen war eine Folge der vaterlosen Erziehung dieses Jungen. Als Christel diese schriftliche Beurteilung las, war sie geneigt, die Schule aufzusuchen, um dort ordentlich Krach zu schlagen. Aber Benjamin beruhigte sie. Soviel Zeit war nicht mehr. Für die Flucht sei noch allerlei zu erledigen, das sei wichtiger als die komischen Lehrer, von denen einige ohnehin nicht von der deprimierenden Beurteilung überzeugt waren.

Er zeigte diese böse Beurteilung gleich seinen engsten Schulfreunden. Sie grinsten nur und hatten sich sowas Ähnliches vorgestellt. Einer von ihnen meinte, damit sei ja beim reaktionärsten Schwein der Schule zu rechnen gewesen.

Am folgenden Abend war der Abiturball im Schützenhaus. Eingeladen war die ganze Schule einschließlich der Eltern. Benjamin hatte sich gewünscht, dass seine geliebte Angelika an diesem Ball teilnimmt. Aber sie hatte sich geweigert und hatte schon am Tag zuvor Abschied von Benjamin genommen. Ihr standen Tränen in den Augen, als sie sich trennten. Benjamin versuchte sie zu trösten, aber er wusste, sein Trost war wenig hilfreich. Sie fürchteten, wie sich beide später in ihren Briefen gestanden, es würde ein Abschied für immer werden.

Die Schüler tanzten auch brav mit den Lehrerinnen und mit den Ehefrauen der Lehrer. Als Benjamin mit der Frau vom Klassen- und Kunstlehrer Rufus tanzte, erklärte sie ihm gleich, er sei doch sicher dieser Schüler gewesen, der für die halbe Klasse Bilder gemalt habe.

„Mein Mann hat mir immer mal eine ganze Reihe von Bildern nebeneinander gelegt und hat mir erklärt: ‚guck Dir das mal an. Alles eine Handschrift. Alles dieser Benjamin. Sie haben immer betrogen. Dieser Benjamin hat gemalt und gezeichnet und hat die anderen erledigten Schulaufgaben ins Haus gebracht bekommen. Ein kriminelles Kollektiv."

Benjamin grinste bei diesem Vorwurf. Natürlich war es so gewesen. Aber jetzt gab er das nicht zu. Das Zeugnis war noch zu frisch.

Nach dem Ball hatten manche der Schüler noch keine Lust ins Bett zu gehen. Barbara und ihre Mutter auch nicht. Sie wohnten nicht weit vom Schützenhaus entfernt.

„Kommt, wir gehen zu uns", erklärte Barbaras Mutter. Ich hab' noch zwei Flaschen Wein im Schrank. Die werden sonst schlecht. Also ging man zu Barbara und ihrer Mutter. Benjamin mit Mutter, Max und Marita und der junge Lehrer Filius, denn dieser von den Schülern verehrte Lehrer hatte keine Familie, so dass Barbaras Mutter immer mal ein wenig Mitleid mit diesem einsamen jungen Mann hatte.

Man erzählte über die Schule, über die Lehrer, die vor dem Abi in den Westen abgehauen waren. Besonders über die Mjetschnik. Filius erzählte, man hatte im Kollegium schon sowas geahnt, als man gehört hatte, dass sie einen polnischen Freund hat.

Filius war ein gut erzogener Mensch und verließ die Gesellschaft schon gegen zwei in der Früh. Danach kam man schnell auf das wichtigste Thema zu sprechen, denn die Gesellschaft ahnte, dass bei Benjamin und seiner Mutter die Flucht nach Berlin unmittelbar bevorstand.

„Unser Zug geht heute früh um 7.30 Uhr" erklärte Benjamin. „Die Koffer sind gepackt, die Großmutter hat bis dahin hoffentlich schon gefrühstückt. Bahnkarten haben wir bis nach Greifswald gelöst, damit die sozialistischen Beamten nicht auf die Idee kommen, wir wollten in den Westen abhauen."

„Was macht ihr mit der Großmutter" wollte Marita wissen.

„Die bringen wir nach Greifswald, fahren gleich zurück zu unseren Verwandten nach Westberlin. Da lassen wir unseren ganzen Kram und gehen am nächsten Tag ins Lager."

„Was ist mit deinem Abizeugnis?" wollte Marita wissen.

„Das liegt im Koffer verdeckt unter einem zweiten Boden."

„Du hast schon gewisse kriminelle Neigungen." Die anderen lachten. „Das ist die gute sozialistische Erziehung" behauptete Benjamin.

Der ganze Abend war in fröhlicher Stimmung verlaufen, jetzt kam die Stunde des Abschieds. Alle Freunde ahnten, es würde ein Abschied für lange Zeit werden. In der kleinen Feierrunde machte sich so etwas wie Melancholie breit.

„Hoffentlich bekommt Filius keine Schwierigkeiten, wenn irgendjemand kombiniert, dass er die letzten Stunden dieses Abends mit Republikflüchtigen verbracht hat" überlegte Benjamin.

„Also wir petzen nicht" meinte Barbara. „Wenn uns jemand anspricht, werden wir empört sein über die Unverfrorenheit dieser Kramers, dass sie so unverschämt waren und die letzten Stunden in unserer Gesellschaft verbracht haben."

„Das erwarten wir von Euch!" meinte lachend Benjamin.

Verrat am sozialistischen Vaterland

Als es dämmerte machte man sich auf und verließ die Wohnung, in der sie gefeiert hatten. Im Garten des Hauses, in dem Barbara und ihre Mutter wohnten, war ein kleiner Springbrunnen, der im Sommer Tag und Nacht ein wenig Wasser in die Luft spritze. Es war warm, die Sonne schien schon früh um sechs. Da ging Benjamin zu diesem Brunnen und wusch sich Gesicht und Hände. Diese Katzenwäsche musste für den Tag genügen. Dann machte sich eine kleine Delegation auf. Benjamin, seine Mutter, Max und Barbara. Marita brachten sie nach Hause. Sie blieb dort, weil sie wegen ihrer Kinderlähmung so schlecht laufen konnte. Sie gingen gemeinsam zu der Wohnung in der Kylischen Straße, in der der Autoschlosser gewohnt hatte und wollten die Großmutter und das Reisegepäck holen. Die Großmutter saß schon reisefertig in einem der Sessel neben den Koffern und wartete auf die kleine Gesellschaft.

Schnell brachen sie gemeinsam auf. Max half beim Tragen der Koffer, Barbara hatte die Großmutter eingehakt. Die Großmutter erzählte von ihren begabten Greifswalder Enkeln. Die mussten ja begabt sein. Bei den Eltern! Der Vater war Doktor und Professor. Gemeinsam ging man zum Bahnhof. Benjamin, die Mutter und die Großmutter hatten Fahrkarten bis nach Greifswald. Wenn sie nach ihrem Fahrziel gefragt würden, so lautete das Ziel Ferien an der See. Lange musste man auf den Berliner Zug nicht warten. Mutter, Großmutter und Benjamin stiegen ein und verstauten die Koffer, während Barbara und Max draußen auf dem Bahnsteig standen. Als Benjamin das Zugfenster öffnete, setzte sich der Zug schon in Bewegung. Die jungen Leute winkten sich zu. „Schreib mal" rief Barbara. „Klar" antwortete Benjamin. Aber da war der Zug schon fast außer Hörweite.

Der Zug endete auf dem Berliner Ostbahnhof. Lange musste man nicht auf den Zug an die Ostsee warten. Benjamin half der Großmutter in den Zug und verstaute ihr Gepäck.

Am Abend kamen sie hungrig und müde in Greifswald an. Marie und ihr Sohn Karli holten sie ab und fuhren mit ihnen im Taxi nach Hause.

Marie war unendlich traurig, dass ihre liebsten Verwandten, ihre Schwester Christel und Benjamin, dem sie bald nach dessen Geburt den Spitznamen Fiedel gegeben hatte, nun vielleicht kaum noch zu erreichen waren.

„Mein Fiedelchen, was mache ich nur ohne Dich?" fragte sie immer wieder Benjamin.

„Du musst uns besuchen. Spätestens wenn du Rentnerin bist, musst du kommen" erklärte Benjamin.

„Das wäre in zwanzig Jahren. Du bist ganz schön frech, wer weiß, ob wir dann noch leben."

„Ach liebe Tante Marie, du lebst so gesund, du wirst sicher hundert."

Karli, der mit Benjamin viele Schulferien in Sangerhausen verbracht hatte, war unendlich traurig, dass man Benjamin nun vielleicht für Jahre nicht mehr sehen würde.

Am folgenden Morgen gab es einen tränenreichen Abschied. Christel und Sohn fuhren zurück nach Berlin. Sie gingen mit ihrem gemeinsamen Gepäck zum S-Bahnhof und nahmen die nächste Bahn in Richtung Potsdam. Am Bahnhof Steglitz stiegen sie aus, suchten das nächste Telefonhäuschen und riefen Mutters Vetter Friedrich an. Zum Glück hatte Christel noch ein paar Westgroschen im Geldbeutel. Friedrich holte sie knapp zwanzig Minuten später vom Bahnhof ab.

Im Haus vom Vetter Friedrich gab es im Obergeschoss noch eine leere Wohnung, in der die Eltern von Friedrich gewohnt hatten. Seit sie vor wenigen Jahren gestorben waren, stand die Wohnung leer. Dort übernachteten Benjamin und seine Mutter. Beide waren hundemüde und fielen nach einem kurzen Abendessen in ihre Betten.

Schon am frühen Morgen begannen sie, ihre Sachen umzupacken. Denn in das Lager wollten sie nur ihre wichtigsten Sachen mitnehmen. Das waren ihre persönlichen Papiere, ein paar Kleidungsstücke und Waschzeug. Alles übrige, insbesondere Geld und Wertsachen ließen sie zurück. Dann brachte sie Onkel Friedrich zum Notaufnahmelager nach Berlin Marienfelde. Er wünschte ihnen viel Glück. Angesichts der langen Schlange mit vielen hundert Menschen am Eingang war er sicher, Glück brauchten sie.

Die Schlange war vielleicht hundertfünfzig Meter lang. In Fünfer- und Sechserreihen standen die Menschen vor dem Eingang des Lagers und warteten auf den Einlass. Immer neue Personen kamen und stellten sich an das Ende der Schlange. Neben der langen Menschenreihe standen einzelne Personen, die zum Lagerpersonal gehörten und Fragen beantworteten. Immer wieder ermahnten sie die Menschen in der Reihe, keine Namen zu nennen. Wie Benjamin später erfuhr, gab es in dieser langen Schlange immer auch Personal des Staatssicherheitsdienstes der DDR, das nach möglichen wichtigen Personen aus der DDR-Nomenklatura suchte. Wenn es wichtige Personen waren, hatte es immer mal sogar Fälle von Verschleppungen gegeben. Damit wollten die westlichen Dienste nicht konfrontiert werden.

Benjamin war fast erschrocken, dass er drei Reihen hinter ihnen ein Paar aus der Stadt sah. Ein junges Mädchen, höchstens siebzehn mit seinem Freund. Man nickte sich zu, mehr Kontakt gab es zunächst nicht. Später erfuhr er, das junge Mädchen, das ganz in der Nähe ihres Hauses gewohnt hatte, war schwanger. Wenn man erklärte, der Kindesvater sei ein Wessi, war das ein Trick, wie man auch als Minderjährige in den Westen kommen konnte. Dann entdeckte er auch noch Julian Mrozek. Sie nickten sich gegenseitig zu. Mehr war erst einmal nicht möglich, aber Benjamin war sicher, sie würden sich während des Aufenthaltes im Lager noch öfter sehen.

Es dauerte mehr als drei Stunden bis Benjamin und seine Mutter vor einem Schreibtisch standen, an dem eine junge Frau saß, die ihnen Fragebögen in die Hand drückte und ihnen erklärte, was sie damit machen mussten. Auf diesen Fragebögen waren 24 Stationen angeführt, die sie in den kommenden Tagen besuchen mussten. Dazu gehörten verschiedene Geheimdienste, medizinische Stationen und Polizeidienste. Der Kopf des Fragebogens war schnell ausgefüllt. Dann mussten sie gleich zum ersten Geheimdienst und wurden ausgefragt. Man wollte den Grund ihrer Flucht wissen. Das wurde eine längere Geschichte mit all den Erlebnissen, die insbesondere Benjamin an seiner Schule hinter sich hatte. Er zeigte seine verschiedenen Absagen. Der Beamte, so ein dicker Kerl, der diese Art langweiliger Befragungen täglich und vielleicht schon einige Jahre machte, kopierte die Unterlagen. Er fragte nach Benjamins Schulbildung. Als die Antwort wegen seiner Stotterei nicht gleich kam, schrieb der Beamte in den Fragebogen: Hilfsschule.

„Nein", erklärte Benjamin, „Ich habe Abitur."

Der Beamte strich das Wort „Hilfsschule" durch und schrieb „Abitur" darüber. Diese komische Reaktion erlebte Benjamin noch öfter in seinem Leben.

Schließlich fragte der Dicke Benjamin, in welchen kommunistischen Organisationen er gewesen sei.

„Was meinen Sie?" fragte Benjamin, „FDJ? Ja, FDJ und Sportbund."

„Mehr nicht? Sie waren doch sicher auch mal bei den Jungen Pionieren und bei der Deutsch-sowjetischen Freundschaft."

„Klar, das waren wir alle."

„Ganz schön viele kommunistische Organisationen" meinte er.

Benjamin sagte nichts. Der dachte nur, der Kerl war nie in der DDR und entschuldigte ihn. Wahrscheinlich war er täglich mit deprimierenden Verhältnissen konfrontiert.

Eine Mitarbeiterin brachte sie in ein Gebäude und wies ihnen ein Zimmer mit zwei Betten zu.

„Passen sie bitte auf Ihre Sachen auf" erklärte die Mitarbeiterin. Das hatten sich Benjamin und seine Mutter schon gedacht, dass hier geklaut würde was das Zeug hält. Im Bad war über dem Waschbecken mit Kugelschreiber eine Nachricht an die Wand gekritzelt. Eine nackte weibliche Figur mit großen Brüsten. Darunter stand: „Für zehn Mark West bin ich zu haben". Dazu ein Name. Benjamin hatte sich auch schon gedacht, dass hier in diesem Lager nicht nur Diebstahl, sondern auch die käufliche Liebe eine gewisse Rolle spielten. Das war nicht zu übersehen, als sie am Abend nach dem Essen im großen Speisesaal ein paar Schritte auf die Straße wagten. Da standen einige junge Frauen scheinbar gelangweilt herum. Immer mal hielt ein Auto an, es gab eine kurze Unterhaltung zwischen dem Fahrer und einer der Damen, die in der Regel erfolgreich beendet wurde. Die Dame stieg ins Fahrzeug.

Den folgenden Tag verbrachten sie in diesem Hauptlager und begannen damit, ihren Laufzettel abzuarbeiten. Dabei trafen sie einen etwas verzweifelten Julian Mrozek. Ihn hatte man in das Männerhaus gesteckt, in dem grauenhafte Zustände herrschten. Da gab es einen Kerl, der offensichtlich noch nicht wusste, dass es Toiletten gibt. Wenn der pissen musste, machte der das gerade dort, wo er stand. Und wenn er zufällig nachts sein großes Geschäft machen musste, schob er seinen Hintern über den Bettrand und schiss auf den Boden.

Julian jammerte, weil man ihm ein Hemd geklaut hatte. „Hier wird gestohlen wie verrückt." Einem der Mitbewohner hatte man alles bis auf Hemd und Hose gestohlen. Zum Glück war es warm und er musste nicht frieren. Julian war froh, dass er wenigstens noch alle seine Papiere hatte.

Am nächsten Tag wurden Benjamin und seine Mutter in einem Bus in die Gebäude eines ehemaligen Verlags in den Stadtteil Tempelhof gefahren. Man erklärte ihnen, das Hauptlager sei hoffnungslos überfüllt. Man habe Räume in diesem ehemaligen Verlagshaus gemietet. Dort führte man sie in ein Zimmer mit sechs Doppelstockbetten. Eines dieser doppelten Betten war noch frei, dort sollten Benjamin mit seiner Mutter die kommenden Tage verbringen. Am Fenster dieses Raumes stand ein Tisch, an dem eine etwas ältere Frau saß und strickte. Sie stellte sich nicht mit Namen vor, sie sagte nur, dass sie aus Sachsen käme. Das hätte sie nicht sagen müssen. Man hörte es. Sie erzählte, die ganze Familie sei auf der Flucht. Sie seien katholisch und eine gläubige Familie, die immer wieder Schwierigkeiten gehabt hätte. Sie säße jetzt hier, weil überall geklaut würde, da müsse man aufpassen. Benjamin und seine Mutter sollten sich keine Sorgen machen, so lange sie im Zimmer sei, würde nichts gestohlen. Das klang zwar beruhigend, aber eine Portion Misstrauen blieb bei Benjamin und seiner Mutter.

Die folgenden Tage verliefen in einer gewissen Routine. Die Prüfungen fanden zwar in dem Tempelhofer Außenlager statt, dauerten aber auch viele Stunden. Die Mitarbeiter hatten Fragen der unterschiedlichsten Art. Zum Beispiel nach den Mitgliedschaften und der konkreten Arbeit in sogenannten kommunistischen Organisationen wie beim Roten Kreuz, den Jungen Pionieren, der FDJ und dem deutschen Turn- und Sportbund. Allein die ärztlichen Untersuchungen nahmen einschließlich stundenlanger Wartezeiten zwei ganze Vormittage ein. Am Ende aller Prüfungen war der Laufzettel ausgefüllt und man bekam ein provisorisches Personalpapier.

Nach 20 Tagen war es schließlich so weit. Man sollte ausgeflogen werden. Die Idee, sich von Julian Mrozek zu verabschieden, scheiterte. Er war vermutlich im Lager Marienfelde, vielleicht hatte man ihn auch schon ausgeflogen.

Am Ende aller Untersuchungen und Prüfungen bekam man die Order, sich für den nächsten Morgen zur Abfahrt bereit zu halten. Sie fuhren deshalb noch einmal zu ihren Verwandten nach Steglitz, um sich ihr übriges Gepäck abzuholen. Zum Glück war Onkel Friedrich da, der sie dann mit ihrem schweren Gepäck wieder ins Lager fuhr. Christel bat ihren Vetter Friedrich, bei den Bekannten in Gießen anzurufen und ihnen die Ankunft der Familie Kramer zu signalisieren.

Nach einer etwas unruhigen Nacht waren sie schon morgens gegen acht Uhr fertig zur Abreise. Der Bus kam etwa gegen halb neun auf die große Hofanlage des ehemaligen Verlags. Vor dem Besteigen des Busses wurden die provisorischen Personalpapiere geprüft. Dann fuhr der Bus zu einer Nebeneinfahrt des Flughafens Tempelhof. Dort wurden die Personalpapiere noch einmal geprüft, und das Gepäck wurde den Reisenden abgenommen. Zum Flieger lief man schließlich zu Fuß. Für Benjamin und seine Mutter war dieser Flug ein weiteres Abenteuer. Noch nie waren sie durch die Luft geflogen.

Der Flieger war schon etwa zur Hälfte mit Passagieren besetzt. Die neuen Fluggäste wurden mit einigen kritischen Blicken gemustert, denn die meisten von ihnen trugen sehr schlichte Klamotten aus volkseigener Produktion. Die sah erheblich anders aus als die zum Teil erlesene Kleidung der übrigen Fluggäste. Ein halbwüchsiger Junge fragte laut seine Mutter, was das denn für Leute seien.

„Guck mal, was die für komische Sachen anhaben. Sind das auch Deutsche?"

Seine Mutter beruhigte ihn und flüsterte ihm was ins Ohr.

Die Flüchtlinge verteilten sich auf die noch freien Plätze im Flieger. Christel und Benjamin saßen neben einem Amerikaner, der zum Glück ganz gut Deutsch sprach. Er fragte die beiden gleich aus, was sie in Frankfurt wollten. Benjamin und Christel erklärten ihm, sie seien Flüchtlinge aus der DDR. Drei Wochen hätten sie im Lager zugebracht. Jetzt würden sie zu Bekannten nach Hessen reisen. Der junge Mann war plötzlich sehr neugierig und erklärte den beiden, er sei Journalist bei einer amerikanischen Zeitung. Gleich holte er einen Block und einen Stift heraus und fing an, die beiden auszufragen. Ganz besonders interessierte er sich für die Fluchtgründe. Benjamin erzählte ein wenig von den Verhältnissen an der Schule und dass er als Mitglied geistlicher Chöre in der DDR keine Chance hätte, ein Studium nach seiner Wahl zu studieren. Sie redeten noch eine Weile, weil der junge Amerikaner wissen wollte, wie es in einem sozialistischen Staat zugeht. Während sie redeten, näherte sich der Flieger dem Harzgebirge. Deshalb guckten sie immer wieder durch die Scheiben der Luken und versuchten, irgendetwas Vertrautes aus ihrer Heimat zu erkennen. Tatsächlich war da plötzlich die Abraumhalde des Sangerhäuser Schachtes und zwei Minuten später der Kyffhäuser mit seinem markanten Denkmal zu erkennen. Sie zeigten dem Amerikaner ein Stückchen ihrer Heimat von oben und erklärten ihm, dieses Stückchen Erde würden sie wohl in den nächsten Jahren nicht mehr sehen. Für den jungen Amerikaner war dieser Moment des Abschieds – wie er sagte – unheimlich. Er könne sich nicht vorstellen, seine Heimat nicht mehr besuchen zu dürfen.
In Frankfurt wurden die Flüchtlinge an einen besonderen Ausgang geführt. Das Auschecken dauerte ein wenig länger, weil alle Papiere noch einmal geprüft wurden.
Vom Bahnhof des Frankfurter Flughafens fuhren Benjamin und seine Mutter ohne weitere Schwierigkeiten über den Hauptbahn-

hof Frankfurt nach Gießen. Man hatte ihnen in Berlin schon Fahrkarten bis zu ihrem Fahrziel nach Gießen ausgestellt. Als sie gegen 20.00 Uhr auf dem Gießener Bahnhof ankamen, waren sie ein wenig ratlos. Die Familie von Mutters Freundin, bei der sie ein paar Tage bleiben wollten, wohnte, wie sie auf einem Stadtplan feststellten, der an einer der Bahnhofswände hing, ungefähr einen halben Kilometer vom Bahnhof entfernt. Mit den schweren Koffern eine schwer zu überwindende Distanz. Immer wieder mussten sie das schwere Gepäck absetzen. Sie hätten ja eine Taxe nehmen können, aber dafür war ihnen das Westgeld zu kostbar. Sie brauchten länger als eine halbe Stunde, bis sie endlich vor dem Haus der befreundeten Familie Schiller standen.

Man wartete schon auf sie mit einem etwas umfangreicheren Abendessen. Benjamins Mutter hatte noch etwas Wurst aus dem Lager dabei. Die spendete sie gern zum Abendessen. Doktor Schiller, ein praktischer Arzt mit eigener Praxis und ein Spaßvogel, probierte die Wurst und war begeistert.

„Solche gute Wurst für die Flüchtlinge" meinte er im Scherz. „Das ist die Perlen vor die Säue geworfen. Kein Wunder, dass so viele Leute aus der Ostzone abhauen." Er war sicher, dass manche Personen nur wegen dieser köstlichen Wurst fliehen würden.

„Mit dieser wunderbaren Wurst lockt man die besten Menschen aus der Zone in den Westen. Kein Wunder, dass sie in Scharen kommen. Ich würde bei solcher Wurst auch sofort fliehen."

Es war sehr angenehm, dass es in diesem Hause so humorvoll zuging. Nur waren die beiden Flüchtlinge für humoristische Einlagen, die um das Thema Flucht gingen, schon ein wenig zu müde. Nach einem ausgiebigen Duschbad fielen beide wie tot in die Betten.

Am folgenden Morgen besuchten Benjamin und seine Mutter als erstes die Polizeibehörde. Sie legten ihre Entlassungspapiere aus

dem Lager vor und stellten Anträge zur Ausstellung von Personal-
ausweisen. Dazu brauchten sie Passbilder, die sie in einem Foto-
laden in der Hauptstraße bekamen. Nach dem Gang zur Polizei
ging Benjamins Mutter zum Arbeitsamt. Eine Stelle als Krankenschwester war das Wichtigste. Sicher war das nicht allzu kompli-
ziert, denn in Gießen gab es eine große Universitätsklinik, in der
es gewiss einigen Bedarf an Schwestern gab. Benjamin musste
zum Jugendamt, denn er wollte wissen, welche Voraussetzungen
er für die Immatrikulation an einer technischen Hochschule erfüllen musste.

Die beiden trennten sich. Die Mutter wurde auf dem Arbeitsamt
zunächst grimmig und unfreundlich begrüßt. Vermutlich dachte
der Mitarbeiter, schon wieder so eine aus dem Osten, die unseren
Leuten die Arbeit wegnehmen will. Als sie ihre Zeugnisse über ihre
Arbeiten vorlegte, bekam der Mitarbeiter aber gleich strahlende
Augen. Krankenschwester mit Examen aus dem Jahr 1936 an der
Marburger Universitätsklinik, ein Zeugnis vom Virchowkranken-
haus in Berlin. Das gibt's nicht jeden Tag. Sofort schickte man sie
in die neurochirurgische Klinik der Universität. Für die Neurochi-
rurgie hatte sie eigentlich keine besondere Lust, aber der Mitarbeiter beim Arbeitsamt drängelte sie so heftig, dass sie sich doch
auf den Weg machte. Als sie in der Klinik nach dem leitenden Professor fragte, bekam sie zur Antwort, der Herr Professor sei noch
im OP. Sie müsse noch etwas warten. Nach einer knappen halben
Stunde traf sie den Professor, eine große Person, die wegen der
unerwarteten Störung etwas finster guckte. Christiane Kramer
zeigte ihm ihre Zeugnisse und brachte brav ihren Spruch mit der
Bitte nach Arbeit vor. Der Professor sah sich die Arbeitszeugnisse
an, sein Gesicht hellte sich auf und am Ende erklärte er: „Wir
brauchen dringend eine Oberschwester. Können Sie morgen anfangen?"

Die Mutter war so überrascht, dass ihr die Handtasche beinahe aus der Hand fiel. „Morgen?" fragte sie und ließ ihre Arme sinken. „Ich muss mich noch ein paar Tage ausruhen, wir haben eine Flucht aus der DDR hinter uns und sind völlig fertig nach den Aufregungen der letzten Monate." Dann fing sie damit an, ein paar Sätze über die Anstrengungen der letzten Monate zu erzählen. Aber das interessierte den Herrn Professor nicht allzu sehr.

„Aber vielleicht am 1. September?" fragte der Professor. Damit war die Mutter einverstanden. Sie musste schließlich Geld verdienen. Den Arbeitsvertrag sollte sie schon am folgenden Tag abholen.

Als sie wieder bei Schillers war, und von ihrer erfolgreichen Arbeitssuche erzählte, war die Freude groß. Nur der Doktor Willi Schiller meckerte mit einigen nicht ganz ernsten Bemerkungen.

„Diese Menschen aus der Ostzone kommen wegen der wunderbaren Wurst, dann nehmen sie unseren armen Krankenschwestern die Arbeit weg, die die gar nicht haben wollen. Und in der Zone sitzen die Kranken und haben keine Krankenschwestern mehr."

„Ja, so ist das, lieber Willi. Wir sind eine gemeine Gesellschaft. Wir stehlen den hiesigen Menschen die Arbeit und wollen auch jetzt noch den Westdeutschen den wenigen Wohnraum wegnehmen, den es hier noch gibt."

Denn Frau Schiller hatte sich nach einer kleinen Wohnung umgesehen und lenkte das Gespräch auf das Thema Wohnung. Ihre Mutter hatte ein kleines Haus in Gießen. Da war unter dem Dach noch ein Zimmer mit einer Kochgelegenheit frei. Dort konnten sie erst einmal wohnen.

Die Nachrichten, die Benjamin vom Jugendamt mitbrachte, waren nicht so rosig. Er musste, was er schon wusste, das Abitur hier im Westen wiederholen, wenn er an einer Universität studieren wollte. Die nächste Gelegenheit für einen Kursus dieser Art begann im Herbst an einem Gymnasium in Marburg.

Die ersten Tage in Gießen waren damit ausgefüllt, das neue Zimmer zu beziehen. Es gab zwar noch eine Küche und einen kleinen Balkon, die sie aber mit einem Mitbewohner, einem zum Glück freundlichen Studenten teilen mussten. Das sanitäre Angebot bestand aus einer kleinen Toilette mit einem kleinen Waschbecken. Da waren die Verhältnisse im Lager komfortabler gewesen. Aber es half nichts. Mehr konnten sie sich nicht leisten. Für die 6000 Ostmark vom Garten, die sie in ungefähr 1200 Westmark umgewandelt hatte, kaufte die Mutter eine Waschmaschine, denn irgendwie mussten sie ihre Wäsche waschen. Und einen Kühlschrank, denn in diesen Wochen war es sehr heiß, so dass die Butter auf dem Teller schmolz. Über den Kühlschrank freute sich auch der nette Student. Da lief die Butter nicht mehr auseinander.

Besuch bei Großmutters Schwester

Großmutters Schwester Gertrud Heider und deren Mann Otto im Siegerland hatten Christel und ihren Sohn eingeladen. Endlich ein paar Tage Ruhe nach den aufregenden letzten Wochen mit Abitur, Republikflucht und Flüchtlingslager. Die beiden mussten sich noch ein wenig erholen bevor der Alltag im neuen Land wieder begann. Sie wohnten in einem Gartenhaus auf dem Grundstück, wo Heiders Haus stand. Eine einfache, aber praktische Unterkunft mit kleinem Duschbad und Kochnische. In der Nähe von Heiders hatte auch Gertruds und Großmutters Schwester Wally aus Hohen Neuendorf eine kleine Wohnung gefunden. Sie wohnte erst ein knappes halbes Jahr dort und hatte, wie sie selbst sagte, immer noch etwas Not, sich in dem neuen Land einzuleben. Deshalb war sie nahezu täglich bei ihrer Schwester, um sich an dieses neue Land zu gewöhnen. Jetzt freuten sich die alten Herrschaften über die Gesellschaft von Christel und Benjamin, die etwas Abwechslung brachten. Abwechslung auch von der Gesellschaft von Onkel Ottos Schwägerin, die auf den Namen Muhme Bubi hörte, bei Heiders wohnte, Männer generell verachtete und mit einer etwas anstrengenden Frömmigkeit geschlagen war.

Diese Muhme Bubi, die von ihrem Bruder Otto, Gertruds Ehemann stets geneckt und geärgert wurde, versuchte, die Gesellschaft von Gertrud, Otto, Wally, Christel und Benjamin allabendlich zu missionieren. Das Missionieren hatte sie immer getan, deshalb hatte sie niemand ernst genommen. Die einzige, die das ausgehalten hatte, war Tante Gertrud. Aber die machte sich auch gelegentlich lustig über ihre Schwägerin. Abends las Muhme Bubi gewöhnlich laut Texte aus der Bibel vor in der Hoffnung auf Läuterungen und positive Ergebnisse von Bekehrungen.

Nach ihren Lesungen spielte sie in schrecklicher Manier geistliche Melodien auf der Blockflöte, so dass Onkel Otto sich gelegentlich zu der Äußerung hingerissen fühlte, die Flöte müsse mal geölt werden. Dann verließ Muhme Bubi beleidigt den Raum und erklärte am folgenden Tag, dass sie stundenlang mit der Bitte um Läuterung und Seelenheil ihrer Verwandtschaft gebetet habe.

Sie war der Meinung, diese Verwandten bewegten sich noch nicht auf dem rechten Weg des Glaubens. Das sei aber notwendig, um im Himmelreich einen rechten Platz zu finden. Das war zwar gut gemeint, aber ziemlich anstrengend, zumal sie immer wieder versuchte, mit geistlichen Gesprächen ihre Mitmenschen auf den rechten Weg zu führen.

Als sie zufällig hörte, dass der junge Benjamin in der DDR schon eine Freundin hatte, war sie entsetzt. Sie hielt ihn für viel zu jung. Auf Brautschau konnte man nach ihrer Meinung erst nach dem ersten Staatsexamen gehen.

Mitten in dieses für Bürger der DDR ungewohnte Familienleben traf ein einschneidendes Ereignis ein. Christel und Benjamin verbrachten gerade etwa eine Woche im Gartenhaus, als Tante Gertrud eines Morgens im Nachtgewand und Morgenrock nervös an die Scheibe im Gartenhaus klopfte. Sie brachte eine schlimme Nachricht. Aufgeregt fragte sie Christel und Benjamin: „Habt ihr schon gehört, in Berlin riegeln sie die Grenze ab? Die Kommunisten bauen eine Mauer. Das brachten sie gerade im Radio."

Noch im Nachtgewand ging die Mutter mit Tante Gertrud in deren Wohnzimmer und hörte sich die Sendungen an. In langen Sonderberichten wurde über die neuesten Ereignisse in Berlin berichtet. Die Regierung der DDR hatte bis auf wenige Ausnahmen alle Übergänge zwischen West- und Ostberlin geschlossen. Soldaten der Volksarmee, DDR-Grenzpolizisten und Kampfgruppen der DDR hatten die nahezu 200 km lange Grenze zwischen West- und Ostberlin bzw. Westberlin und der DDR abgeriegelt. Zunächst mit Stacheldraht. Angeblich hatten die Soldaten den Befehl zu schießen, wenn Bürger der DDR versuchten, die Grenzanlagen ohne Erlaubnis zu überwinden. An der Grenze, insbesondere an den Straßen nach Westberlin hatte man hunderte Rollen Stacheldraht ausgelegt. In der DDR wunderte man sich später, woher der viele Draht kam, wenn es in diesem Land oft nicht einmal Nägel oder Schrauben gab. Es gab Gerüchte, die DDR-Administration hätte den vielen Draht im Westen gekauft. An der Bernauer Straße, wo die Fenster und Haustüren der Gebäude der südöstlichen Straßenseite auf die Westzone gingen, kletterten Menschen aus den Fenstern und sprangen in die Tiefe. Die ersten Verletzten wurden abgeführt, manche wurden weggetragen, sehr bald war die Feuerwehr mit Sprungtüchern gekommen, so dass die Flüchtlinge halbwegs sicher in den Westen springen konnten.

Diese Fluchtmethoden wurden bald von den östlichen Grenzorganen unterbunden. Man schoss auf die Flüchtlinge, wenn sie die

Aufforderungen der östlichen Grenzer nicht beachteten. Es gab die ersten Toten an der Grenze.

Als die Mutter die wichtigsten Informationen gehört hatte, holte sie Benjamin, der noch etwas verschlafen war und nicht gleich kapierte, was da in Berlin geschah. Sie kamen sich vor wie bei dem berühmten Ritt über den Bodensee. Benjamin dachte nur: ein Glück, dass er so gedrängelt hatte. „Stell Dir vor, liebe Mutti, ich würde vielleicht Schlosser in der MIFA oder Maurer auf dem Bau." Ihm fiel sofort seine Freundin Angelika ein. Er hatte ihr gleich nach der Ankunft in Gießen geschrieben und ihr mitgeteilt, dass es ihnen gut ginge und wie seine nächsten Pläne aussahen. Jetzt schrieb er ihr gleich wieder, denn er fürchtete, in der DDR würde bei manchen Personenkreisen die nackte Panik ausbrechen. Sicher gab es in der DDR noch viele Menschen, die abhauen wollten, ihre Pläne aber aus unterschiedlichsten Gründen auf den Herbst verschoben hatten. Die meisten seiner Freunde wollten nach dem Abi erst mal richtig Ferien machen. Er wusste, ungefähr ein Viertel seines Jahrganges auf der Oberschule hatte geplant, irgendwann in den Westen zu gehen. Jetzt war er beinahe sicher, niemand hatte es geschafft.

Angelika antwortete sehr schnell. Sie schrieb aber nichts über den Mauerbau, der das ganze Land erschütterte. Das war gut so, auf diese Weise ließ sich möglicher Ärger mit der Staatsmacht vermeiden. Aber sie hatte eine andere Neuigkeit. Der Englischlehrer Piske, den sie Mr. Pipe genannt hatten, hielt sich, wie sie aus sicherer Quelle erfahren hatte, in Gießen auf. Angeblich hatte er eine Stelle an der Universität im Fachbereich Sprache und Literatur bekommen.

Das war wirklich eine Neuigkeit. Jetzt musste er nur noch herausfinden, wo Piske wohnte. Als sie wieder in Gießen waren, fand er ihn im Telefonbuch und stellte fest, er wohnte gar nicht so weit von ihrer Adresse entfernt. Leider hatten sie noch kein Telefon.

Also machte Benjamin eines Abends einen Spaziergang zu dieser angegebenen Adresse. '

Mr. Pipe machte riesige Augen, als Benjamin vor seiner Tür stand. Er hatte zwar schon gehört, dass Benjamin und seine Mutter abgehauen waren, aber er sagte nicht, von wem er diese Neuigkeit hatte.

Sie hatten sich viel zu erzählen. Benjamin erfuhr auch die Gründe, warum Piske, der immerhin fast drei Jahre an der Oberschule unterrichtet hatte, abgehauen war. Es hatte im Herbst 1960 eine sehr unangenehme Befragung gegeben, weil man vermutete, Piske stand nicht auf dem sicheren Fundament des Sozialismus. Es gab wohl an der Schule Gerüchte, dass ihm der Glaube an den Sieg des Sozialismus fehlte. Piske und Benjamin waren jedenfalls froh, dass sie die Flucht noch vor dem Mauerbau geschafft hatten. Benjamin erzählte ihm über die Situation, als die Direktorin Loewe drei Tage nacheinander der Klasse mitteilen musste, dass Lehrer die DDR verlassen hatten. Und dass dabei ausgerechnet die rote Mjetschnik dabei war, die jahrelang von den Segnungen des Sozialismus geschwärmt hatte. Benjamin war ein wenig verwundert, dass Mr. Pipe wusste, dass die Mjetschnik abgehauen war. Also musste er noch Verbindungen zur Schule haben. Er sagte aber nichts darüber.

Christels Arbeit erwies sich als eine ausbeuterische Angelegenheit. Angesichts des notorischen Mangels an Schwestern musste sie neben der Oberschwesternarbeit auch üblichen Stationsdienst leisten. Anders war die Arbeit nicht zu schaffen. Sie versuchte trotzdem, in der Stadt Kontakte zu finden. Aber das war nicht so einfach. Als sie den Pfarrer der Gemeinde ansprach und ihm erklärte, sie kämen aus der Ostzone und würden jetzt zur Gemeinde gehören, bekam sie zur Antwort, sie solle nicht denken, dass er – der Pfarrer – für sie Zeit hätte. Bei dreitausend Seelen hätte er genug zu tun. Sie sprach den Kantor der Hauptkirche an und bat ihn, im Kirchenchor mitsingen zu dürfen. Der war ganz glücklich. Trotzdem gab es auch im Chor einige Mitglieder, die über diese Zonenflüchtlinge die Nase rümpften.

Ein weiteres Abitur in Marburg

Benjamin meldete sich für den Abiturkurs in Marburg bei der Adresse an, die er vom Jugendamt bekommen hatte und schickte gleich eine Kopie seines Abitur-Zeugnisses mit. Die Antwort kam ein paar Tage später. Man bat ihn darum, zu einem bestimmten Tag im September nach Marburg zu kommen. Da würde er alles über den neuen Kursus am Martin-Luther-Gymnasium erfahren. Zu diesem Termin in Marburg am Gymnasium kamen an die fünfzig junge Leute, die in einer ähnlichen Situation waren wie Benjamin. Manche von ihnen waren ängstlich und unsicher, andere schien dieses ganze Procedere, das von einigen freundlichen Lehrern erklärt wurde, nicht besonders zu interessieren. Manche von ihnen waren schon länger im Westen und hatten sich mit Hilfsarbeiten durchgeschlagen. Die wichtigste Nachricht des Nachmittags war, dass die Kursteilnehmer in der Winterzeit gemeinsam in der Marburger Jugendherberge wohnen würden. Die würde so eingerichtet werden, dass in jedem Zimmer zwei Personen wohnen. Die Kosten für diesen Aufenthalt einschließlich Verpflegung würde die öffentliche Hand tragen. Dazu gäbe es noch ein Taschengeld von 120.- DM. Damit konnte man ganz gut leben.

Am Tag vor dem Kursbeginn traf man sich an der Jugendherberge und teilte sich für die Zimmer ein. Benjamin fand gleich einen etwas älteren ehemaligen Medizinstudenten mit Namen Hans aus Halle, der zu seinem Pech nur ein Semester in der DDR studiert hatte. Hätte er vier Semester studiert, hätte er gleich weiter studieren können. Er war deshalb schon so alt, weil er in der DDR als aktiver Katholik vor dem Medizinstudium zunächst den Wehrdienst absolviert und schließlich eine Lehre als Gärtner gemacht hatte. Nur so hatte er einen Studienplatz bekommen können. Dieser einjährige Kursus in Marburg entpuppte sich sehr bald als eine verdammt hohe Hürde, über die man springen musste, wenn man zu den auserwählten Deutschen gehören wollte, die zum Studium an einer westdeutschen Alma Mater zugelassen wurden. Die ersten Kandidaten wurden schon nach drei Wochen aus dem Kurs entfernt, weil sie nach Meinung der Lehrerschaft nicht geeignet waren, eine westdeutsche akademische Laufbahn zu betreten. Dafür kamen immer neue Kandidaten hinzu. Am Ende bestanden von insgesamt 62 Kandidaten nur 22 Personen das Abitur. Benjamin und sein Zimmerkamerad Hans waren dabei.

Als Christel und Benjamin wenige Wochen nach diesem zweiten Abitur zu einem Treffen der ehemaligen Sangerhäuser nach Essen fuhren, trafen sie dort auch das Fräulein Röbling, die ehemalige Lehrerin Benjamins, die der Meinung gewesen war, dieser stotternde Junge gehöre auf die Sonderschule. Sie fragte Benjamin ein wenig herablassend, wie denn sein bisheriger Lebensweg gelaufen sei. Da antwortete er:

„Ich habe gerade das westdeutsche Abitur bestanden. Das DDR-Abitur reicht hier nicht zum Studium."

Die guckte ein bisschen dumm, sagte aber nichts weiter dazu.

Ein paar Wochen nach dem Abitur kam ein Brief vom Wehrersatzamt. Benjamin hatte sich zur Musterung zu melden, denn damals gab es noch Wehrpflicht. Benjamin machte sich wenig Gedanken um diesen Termin, er war sicher, man würde ihn nicht zum Wehrdienst nehmen.

Er arbeitete damals schon auf dem Bau, weil er für das gewünschte Architekturstudium noch ein paar Monate Praktikum auf dem Bau nachweisen musste. Man muss schließlich als künftiger Architekt wissen, wie man eine Mauer baut. So ging er in seinen Arbeitsklamotten zur Musterung, wo er ein sehr differenziertes Gemisch an jungen Kandidaten antraf. Einer der jungen Männer beschwerte sich, er stünde kurz vor dem Abitur, es sei eine Zumutung, dass man ihn jetzt zur Musterung einbestellte. Der Musterungsbeamte lachte nur und erklärte ihm, die möglichen Kandidaten würden frühestens in einem halben Jahr eingezogen werden.

Als man Benjamin nach seiner Schulbildung fragte, konnte er wegen seiner Stotterei nicht gleich antworten. Wieder gab es dieses besondere Erlebnis, dass man ihn für etwas unterbelichtet hielt. Denn der Musterungsbeamte schrieb in Benjamins Fragebogen „Sonderschule". „Nein, nein" antwortete Benjamin, „ich habe schon Abitur. Ich habe sogar zweimal das Abitur bestanden, einmal in der DDR, dann hier im Westen" stotterte er. Der Beamte strich das Wort „Sonderschule" durch und ersetzte es durch „Abitur". Die anderen zur Musterung einbestellten Kameraden wunderten sich nur über diesen Fall. Zweimal Abitur? Wo gab's denn sowas?

Als der musternde Arzt Benjamin untersuchte, erfuhr er von Benjamins Stotterei. „Sie werden nicht zum Dienst gezogen" erklärte er. „Sie sehen ja, was wir hier für Kandidaten haben. Studieren Sie, da tun sie mehr für unser Land als mit Wehrdienst." So erledigte sich dieses Problem bei Benjamin.

Studium in Berlin

Nach dem zweiten Abitur trennten sich die Teilnehmer und pflegten so gut wie keine Kontakte mehr miteinander.

Benjamin musste für ein Studium der Architektur noch ein Praktikum auf dem Bau absolvieren. Das erledigte er bei einer Baufirma in Gießen. Der dortige Polier war überrascht, dass ein Absolvent einer höheren Schule wusste, wie man Gräben zieht und Beton-wände baut. Das hatte Benjamin beim praktischen Unterricht in der DDR gelernt. Er erzählte dem Polier, dass er sogar mauern und Zimmermannsarbeiten ausführen kann. Das Ansehen des Schul-wesens der DDR wuchs bei diesem schlichten Handwerker be-trächtlich.

Während dieses Praktikums bewarb er sich bei verschiedenen technischen Hochschulen und Universitäten. Bei einigen Hoch-schulen gab es Aufnahmeprüfungen, bei anderen musste man künstlerische Arbeiten vorlegen. Von einigen bekam er gleich Ab-sagen, weil er zu wenige künstlerische Arbeiten vorweisen konnte. Er hatte zwar in Marburg an der Volkshochschule Kurse in bildender Kunst belegt. Aber die Ausbeute war nicht besonders groß gewesen. Für die Bewerbung offenbar nicht ausreichend. Die meisten seiner Arbeiten befanden sich noch in seiner Heimat-stadt in einem der alten Schränke, mit denen man in die Kylische Straße gezogen war. Schließlich bekam er Zusagen von der TH in Braunschweig und der TU in Berlin. Natürlich wollte er nach Ber-lin. Die Stadt kannte er ganz gut. Jedenfalls fand er sich dort ganz gut zurecht. Dort gab es allerlei Verwandtschaft, die ihm zur Not auch helfen konnte. In Braunschweig kannte er niemanden.

Er erkundigte sich gleich bei den Berliner Verwandten nach einer Studentenbude. Das erwies sich angesichts der um die 80000 Westberliner Studenten und bestenfalls 20000 Betten in Studen-tenheimen als ein nahezu aussichtsloses Unterfangen angesichts der durchschnittlichen Zimmerpreise auf dem freien Markt von etwa 100 DM. Es sei denn, er wäre gleich in eine Studentenver-bindung eingetreten, aber dazu hatte er keine Lust.

Gerüchte über die Not der armen Studenten verbreiteten sich bis nach Westdeutschland. Auf dem Campus der Freien Universität gab es eine Art Campingplatz, wo etliche Erstsemester eine Weile ihre Zelte aufstellten, bis sie eine feste Bleibe gefunden hatten.

Tante Meta, Mutters Cousine, die in der Familie für ihre unendliche Hilfsbereitschaft bekannt war, hatte die Idee, Benjamin könnte im bevorstehenden Sommersemester in ihrem Gartenhaus in Heiligensee wohnen. Da gäbe es zwar keine Heizung, aber es gab Strom, fließendes Wasser, ein paar Schüsseln, Teller, Besteck und eine Kochplatte. Sogar ein kleiner Kühlschrank und ein Klo der Marke Plumps waren vorhanden. Der Weg in die Technische Universität war zwar ein bisschen weit, aber in Berlin sind die meisten Wege weit. Mit Bus und U-Bahn brauchte man vielleicht eine Stunde. In der Not konnte man das sicher akzeptieren. Wenn Benjamin im Sommer die Pflanzen gießen und das Obst ernten würde, könnte er umsonst dort wohnen.

Das war eine gute Lösung, zumal Benjamin aus Sangerhausen gewohnt war, gewisse Gartenarbeiten zu erledigen. Zum Beispiel Erdbeeren ernten.

Vor seiner Abfahrt nach Berlin hatte Tante Meta noch telegrafiert, er solle gleich in die Laubenpiepersiedlung nach Heiligensee fahren. Tante Hanna, ihre Mutter, und ihr Bruder Christian, die in der Nähe ihres Häuschens wohnten, wüssten Bescheid und würden auf ihn warten.

So fuhr er nach seiner Ankunft auf dem Flughafen Berlin-Tempelhof mit all seinem Kram nach Heiligensee und fand auch gleich das Häuschen, in dem Tante Hanna mit Onkel Christian, ihrem Sohn, wohnten. Es war eine etwas komische Gesellschaft, die er da traf. Tante Hanna, Großvaters Schwester, war schon an die 90 Jahre alt. Sie war mit einem Herrn Arnold verheiratet gewesen, von dem man in der großen Familie so gut wie nichts wusste. Man vermutete in dieser gutbürgerlichen Familie irgendwelche Angewohnheiten, die mit den eigenen Vorstellungen über bürgerliches Leben nicht kompatibel waren.

Im Hauptraum dieses großen und etwas vermüllten Gartenhauses standen an den Wänden und in der Mitte mehrere Tische und Regale, auf und unter denen sich hunderte von leeren Weinflaschen befanden. Benjamins erste Vermutung, bei Onkel Christian könnte es sich um einen Alkoholiker handeln, erwies sich sehr schnell als falsch. Onkel Christian sammelte in der Hoffnung, für die Flaschen noch Pfand zu bekommen. Er erfuhr auch sehr bald von Onkel Christians Leidenschaft, an den Wochenenden die verschiedenen Müllplätze Westberlins abzuklappern und nach brauchbarem Material zu suchen. So hatte er auch ein altes Schlagzeug gefunden, das in einer Ecke zwischen den Weinflaschen stand.

Am eindrucksvollsten für Benjamin war aber der Tisch in der Mitte des Raumes mit den Weinflaschen. Man hatte gerade das Osterfest gefeiert, aber dort stand noch ein geschmückter Weihnachtsbaum. Nadeln hatte er zwar nicht mehr, aber Kugeln und halb abgebrannte Kerzen. Angesichts der irritierenden Blicke von Benjamin erklärte Tante Hanna in einwandfreiem Leipziger Dialekt der Familie Kramer: „Da hammer jrade de Ostereier drunder jesucht."

Man trank gemeinsam Kaffee. Unter dem Tisch, auf den Onkel Christian die Tassen und Teller stellte, stand ein alter Mercedesmotor, auf den Onkel Christian mächtig stolz war, denn er erzählte gleich, wie er zu diesem Motor gekommen war. Irgendjemand aus der Kolonie war wohl froh, dass er dieses schwere Ding los geworden war. Tante Hanna begann auch bald von der gemeinsamen Familiengeschichte zu erzählen, auf die sie offenbar mächtig stolz zu sein schien. Ihre Großmutter war am Berliner Schloss Hofdame gewesen. Meinte sie! Benjamin vermutete, sie war vielleicht eine Küchenmamsell gewesen, denn aus dieser Verwandtschaft hatte zuvor noch niemand irgendeine bemerkenswerte gesellschaftliche Stellung gehabt. Der Chef des Berliner

Schlosses war, wie Tante Hanna mit Stolz verkündete, der erste deutsche Kaiser Wilhelm I. gewesen. Der war, wie Tante Hanna erzählte, verheiratet mit der Prinzessin Auguste von Sachsen-Weimar-Eisenach, einer Dame, die ihn offenbar nicht besonders reizte. Angeblich war diese Dame schon entzündet von frühzeitigem emanzipatorischem Gedankengut. Mit Männern konnte sie offensichtlich nicht allzu viel anfangen. Deshalb suchte ihr kaiserlicher Ehemann andere Abwechslung. Er besprang die attraktiven jungen Damen des Hofes, die es, wie man so sagt, nicht geschafft hatten, bis Drei auf den nächsten Baum zu klettern. So kam es, dass die Ahnin der Kramer'schen Kinderschar plötzlich schwanger war und einen unehelichen Knaben gebar, aus dem nach der Schule zunächst ein zweiter Stabstrompeter, dann später sogar ein Kanzleirat an der Leipziger Universität wurde. Tante Hanna behauptete auch, gelegentlich sei bei ihrer Großmutter eine kaiserliche Kutsche vorgefahren. Das konnte kein Zufall gewesen sein. Die Großmutter wird dem Erzeuger ihres Sohnes dankbar gewesen sein, denn sie hatte zeit ihres Lebens nie irgendwelche materielle Not leiden müssen. Der für damalige Zeit unmoralische und schändliche Akt hatte sich also für diese junge Frau gelohnt. Diese komische Geschichte sollte man glauben! Ausgerechnet aus dem Munde von Tante Hanna, die, wie er von seiner Mutter wusste, eine große Liebe zu irgendwelchen Flunkereien hatte. Tante Hanna erzählte diese etwas degoutante Geschichte ohne irgendwelche Skrupel, worüber sich Benjamin ein wenig wunderte, denn seine Mutter hatte über diese angeblich adlige Herkunft immer nur in Andeutungen geredet. Benjamin kam der Gedanke, wie man im Sozialismus reagiert hätte, wenn diese schändliche aristokratische Familienhistorie bekannt geworden wäre. Er war sicher, in der DDR wäre sein Schicksal als Straßenkehrer oder Toilettenreiniger besiegelt gewesen. Als er seiner Mutter von seiner neuen Unterkunft in Heiligensee in der Nähe von Tante Hanna schrieb, erfuhr er in ihrer Antwort, dass diese Tante Hanna ihr empfohlen hatte, einen unehelichen Sohn zu bekommen, damit der Name Kramer erhalten blieb. Das war der Mutter schließlich trotz späterer ordentlicher Eheschließung auch gelungen.

Nach dem Kaffee mit Streuselkuchen zeigte Tante Hanna Benjamin ihre neuesten künstlerischen Arbeiten. Er wusste, dass Tante Hanna sehr gern malte und zeichnete. Ein wenig verwundert war er, dass sie nur ein einziges Motiv in dutzendfachen Variationen malte.

In der Mitte der Bilder stand eine große Kirche mit hohem, spitzem Turm, rechts eine große blühende Kastanie. Links ein Haus und vor der Kirche eine breite Straße. Das alles in dutzendfachen Variationen, ausgeführt in Bleistift, Buntstift, Tusche und Acrylfarbe. Sie saß gerade an einer Buntstiftarbeit, an der sie Benjamin zeigen wollte, wie sie arbeitet. Leider hatte sie schon eine Schüttellähmung an ihren Händen, sie sah auch schlecht. Angeblich hatte sie eine Brille, aber die suchte sie, wie Benjamin später feststellte, in der Regel immer vergeblich. Deshalb hielt sie ihr Gesicht so nah an das Zeichenpapier, dass die Nase das Papier beinahe berührte. Gleichzeitig hielt sie mit der linken Hand ihre rechte zeichnende Hand fest, damit die nicht so arg wackeln konnte. Sie wackelte trotzdem. Dazu begann sie zu singen. Irgendwelche Weihnachtslieder wie „O Tannenbaum" und „Ihr Kinderlein kommet". Sie sprach Benjamin an, sie habe gehört, dass er auch gern singe und wollte wissen, was Benjamin singen würde. Benjamin erzählte ihr etwas von Motetten von Bach, Reger und Brahms, von denen sie noch nie was gehört hatte. Dann erzählte sie von ihrem Vater, der sehr gut Trompete geblasen hätte. Stolz erzählte sie noch einmal, dass er als junger Mann bei der berühmten Kaiserproklamation im Jahr 1871 in Versailles in der kaiserlichen Kapelle als Stabstrompeter die zweite Trompete geblasen hätte. Das war eine sehr hübsche Geschichte, aber er vermutete, es war wahrscheinlich eine erfundene, denn 1871 war der angebliche Stabstrompeter nicht viel älter als zwanzig Jahre gewesen. Bevor er weiter nachdenken und sich über diese Geschichte wundern konnte, schlug Tante Hanna vor, man könnte doch gemeinsam musizieren. Onkel Christian, der inzwischen irgendwas im Garten gerichtet hatte, war gleich einverstanden.

Man ging zurück in das große Zimmer mit den vielen leeren Weinflaschen. Onkel Christian nahm eine Geige von einem Regalbrett, die nur drei Saiten hatte und versuchte, sie zu stimmen. Er konnte aber nichts daran ändern, dass die Geige am Ende weiterhin verstimmt war.

Dann ging es los. Onkel Christian hatte sich an sein Schlagzeug gesetzt, richtete seine Trommeln und gab den Takt vor, Tante Hanna fing an, mit ihrem Datterich zu geigen und beide sangen in zwei verschiedenen Tonarten wunderbar falsch „Stille Nacht", „Ihr Kinderlein kommet", „Oh du fröhliche…" und andere Weihnachtslieder. Es war die rührendste und schaurigste musikalische Vorstellung, die Benjamin je in seinem Leben gehört hatte. Benjamin war sicher, alle Milch in diesem Hause war sauer geworden.

Später erzählten beide noch von ihrem Leben auf dem Land am Rande Berlins. Onkel Christian erzählte von seinen Wanderungen über Berliner Müllhalden. Er zeigte ihm schließlich auch alle seine Schätze an ausrangierten Werkzeugen, Nägeln und Schrauben. Dazu Kleiderbügel, Haushaltsgeschirr und Heizmaterial. An den Wochentagen, so erzählte er weiter, besuche er die wenigen Kaufläden in der Umgebung. Da gab es alte Backwaren oder auch Obst und Gemüse, das vor sich hinwelkte. Er sammelte auch immer alte Zeitungen, die man in der Toilette brauchte oder als Anmachpapier für den Ofen dienten. Die Sache mit dem Zeitungspapier für das Klo war Benjamin nicht neu. Das war zu Hause in Sangerhausen nicht anders gewesen. Da hielt man sich die Tageszeitung „Die Freiheit" für die Toilette, denn dieses neuartige Toilettenpapier auf Rollen hatte es in der DDR in den Jahren nach dem Krieg nicht gegeben.

Benjamin erzählte, angesichts des SED-Funktionärs, der in den letzten Jahren im Sangerhäuser Haus gewohnt hatte, war es wichtig, aufzupassen, dass man sich nicht den Hintern mit Fotos von Ulbricht, Stalin oder Chruschtschow abwischte. Deshalb hatte die Großmutter mit der ersten Seite der Zeitung immer den Kachelofen oder den Herd in der Küche angemacht. Als er diese Vorsichtsmaßnahme erzählte, erklärte Onkel Christian: „Eine solche Maßnahme ist hier im Westen nicht erforderlich. Hier kann man sich auch mit Bildern von Adenauer oder Eisenhauer den Hintern abwischen. Aber früher war das anders. Wenn man sich mit Bildern vom Führer den Hintern abwischte, bedeutete das Hochverrat."

Der Sommer in Heiligensee war wunderbar. Die Nachbarn hatten schnell mitbekommen, dass da ein Student der Architektur wohnte. Einer der Nachbarn kam gelegentlich, um Benjamins Studienarbeiten zu bewundern. Viel zu sehen gab es da nicht, denn zu allererst beschäftigten sich die Studenten in den ersten Semestern mit Darstellender Geometrie, Perspektive, Bau- und Kunstgeschichte. Man beschäftigte sich mit Ziegelformaten und Breiten von Treppenstufen. Häuser konstruierte man erst später.

Im Garten von Tante Meta gab es genug Obst. Da legte Benjamin immer mal einen Obsttag ein und sparte so allerlei Geld.

Im See, der nur hundert Meter entfernt lag, konnte man bei gutem Wetter baden. Da traf man dann auch immer mal die neunzigjährige Tante Hanna, die mit einem selbstgestrickten Badeanzug ins Wasser ging, der ihr bis zu den Kniekehlen baumelte. Zum Vergnügen der anderen Badegäste sang sie beim Baden sogar noch lustige Lieder wie „Hoch auf dem gelben Wagen…" oder „Alle meine Entchen schwimmen auf dem See…".

Leider war Benjamin angesichts dieser Ablenkungen in seinem Studium nicht so fleißig wie er eigentlich sein sollte. Deshalb musste er in den Ferien tüchtig nacharbeiten und machte auf diese Weise bei seiner Mutter einen ganz guten Eindruck.

Im Wedding

Dieser schöne Studiensommer mit wunderbaren Erdbeeren, Erfrischungen im Heiligensee und Tante Hannas einmaligen Gesängen und Malkünsten ging leider viel zu schnell vorbei. Aber Tante Meta hatte schon eine Idee, wo sie den armen Studenten Benjamin im Winter unterbringen konnte. Der Besitzer ihres Miethauses in der Müllerstraße besaß einige weitere Häuser in Berlin. Einige seiner Häuser hatten in Ostberlin gestanden und waren längst enteignet worden. Denn nach den Vorstellungen der Ostberliner sozialistischen Wohnungsverwaltung konnten redliche Menschen der DDR, die sich mit den Gepflogenheiten des Sozialismus vertraut machten, nicht in Gebäuden wohnen, die kapitalistischen Blutsaugern aus Westberlin gehörten.
Unter anderen hatte dieser Hausbesitzer ein Gebäude direkt auf der Westseite der Mauer an der Ecke zwischen Gartenstraße und Bernauer Straße. Die Nachbargebäude waren im Krieg zum Teil zerbombt worden. Dieses Haus hatte überlebt und stand einsam auf einer Art Verkehrsinsel.
In diesem Haus gab es im Parterre eine Kneipe, in der sich allabendlich schon etwas abgetakelte Damen aufhielten, um auf gewisse Kundschaft zu warten. Diese Art von käuflicher Liebe war für Benjamin neu. In der DDR hatte es solche schmutzigen Geschäfte nicht gegeben. In Gießen und in Marburg gab es gewiss solche Damen, aber sie waren ihm dort nie aufgefallen.

Jetzt wohnte er mit einigen von ihnen in einem Gebäude. Die anderen Bewohner dieser Gegend waren mehrheitlich arme Menschen, denen das Leben, vermutlich auch der Alkohol, arg mitgespielt hatte.

Tante Meta warnte Benjamin dringend vor diesem Etablissement im Parterre des Hauses.

„Das ist eine üble Kaschemme, geh da ja nicht hin, da gibt es verdorbene Weiber und schlechte Kerle. Du musst schließlich auf deinen Ruf achten und darfst nicht unter die Räder kommen."

Sie hatte wohl einige Sorgen, dass ihr unschuldiger junger Neffe aus der Provinz unter die amoralischen Räder der Großstadt kommen könnte.

In diesem Haus gab es im letzten Stockwerk zwei kleine Wohnungen. In einer dieser Wohnungen wohnte eine alte Frau, die, wie Tante Meta wusste, ein schweres Leben hinter sich hatte. Der Mann war im ersten Weltkrieg gefallen, der Sohn war gescheitert. Die andere Wohnung, bestehend aus zwei kleinen Zimmerchen, konnte Benjamin beziehen. Das WC befand sich auf halber Treppe, die Heizung bestand aus einem kleinen Kanonenofen. Das Ganze kostete nur 25.- DM. Dazu noch ein paar Mark für Müllabfuhr und Strom.

Für Berlin und für Benjamins finanzielle Verhältnisse war das ein tolles Angebot, das er sofort nutzte. Noch zu Beginn der Semesterferien brachte er seinen Kram in die Gartenstraße, wobei er sehr bald das Interesse einiger Bewohner des Gebäudes und der engsten Nachbarschaft weckte. Überrascht war man nicht allzu sehr, denn es war bekannt, dass auf der Westseite der Bernauer Straße einige Studenten eingezogen waren. Die waren, wie Benjamin bald erfuhr, beliebter als die Trunkenbolde und Nichtsnutze, die sich gewöhnlich für diese Wohnungen interessierten.

Die Gegend war dank Mauer unmittelbar am Rand der Bernauer Straße und der Gartenstraße zum Ostsektor und dank des geringen Verkehrs ruhig, aber schaurig und deshalb nicht teuer. Selbst einfache Arbeiter, die ihren sicheren Lohn bezogen, wollten hier in der unmittelbaren Nachbarschaft der Grenze zu Ostberlin nicht wohnen. Noch standen etliche unbewohnte Häuser auf der Ostseite der Bernauer Straße, deren Fenster aber ausnahmslos vermauert waren. Die Situation dort war merkwürdig genug. Die Westfront dieser Häuser auf der Südostseite der Bernauer Straße war gleichzeitig die Grenze. Die Häuser selbst gehörten nach Ostberlin. Betreten konnte man sie ursprünglich nur von der Bernauer Straße, die aber schon zu Westberlin gehörte. Vor dem Mauerbau gab es an der Bernauer Straße den berühmten Spruch: „Kiekste aus'm Fenster, ist der Kopp im Westen un der Arsch is im Osten."

Sofort nach dem 13. August 1961 hatte man die Zugänge dieser Häuser verriegelt und vermauert, so dass manche der Mieter auf der Ostseite, wenn sie nicht sofort geflohen waren, in den Tagen nach dem Mauerbau den Sprung aus den Fenstern gewagt hatten. Dabei waren etliche Menschen zu Tode gestürzt. Sie gehörten zu den ersten Mauertoten. Tagelang hatte die Feuerwehr mit Sprungtüchern auf der Westseite gestanden. Denn immer wieder hatte es Menschen gegeben, die zu den Fenstern zur Bernauer Straße gelangt waren und die Flucht versuchten.

Als Benjamin in den Wedding zog, hatte man angefangen, diese Häuser Stockwerk für Stockwerk bis auf das Parterre abzureißen. Das zugemauerte Parterre diente als Mauerersatz und als Grenzbefestigung. Diese Abrissarbeiten gingen aber nur sehr langsam voran, weil man vermeiden wollte, dass Bauschutt auf die Westseite fiel. Also musste man diese Arbeiten in Handarbeiten machen. Das machten junge Leute, die vermutlich auf einen Studienplatz warteten und sich gesellschaftlich zu bewähren hatten oder junge Rekruten, die ihren Wehrdienst machen mussten. Sie wurden von bewaffneten Grenzsoldaten bewacht. Das war ganz besonders notwendig, wenn man die Mauern des ersten Stockwerks abriss. Denn von dort war der Sprung in die westliche Bernauer Straße nur vier bis fünf Meter hoch.

Wenn Benjamin die Bernauer Straße entlang ging, um zum Beispiel einzukaufen oder zur Haltestelle zu kommen, guckte er diesen armen jungen Männern gelegentlich in die Augen und erntete mehrheitlich sehnsuchtsvolle Blicke. Er wusste natürlich nicht, was sie dachten, vermutete aber, sie wären gern auf der Westseite gewesen.

Zwischen der Mauer des Nordbahnhofs und Benjamins neuer Bleibe lag die Gartenstraße.

Die Fenster von Benjamins kleiner Wohnung gingen nach Südwesten mit Blick auf den Nordbahnhof in Ostberlin und nach Nordwesten entlang der Mauer und den Häusern der Gartenstraße.

Benjamin hatte sehr bald gemerkt, dass er hier in eine besondere Gegend gezogen war, die vermutlich einmalig in Europa war. Hier passierte allerlei, auch wenn man mit diesen Häusern vermutlich kaum noch Geld machen konnte. Eine der wenigen stabilen Einnahmequellen der Gegend, in dem sich jetzt Benjamins neue Bleibe befand, war vermutlich diese Kneipe im Parterre des Hauses, in der sich jeden Abend sündhafte Szenen abspielten.

Im Gebäude selbst wohnten auch einige Damen des horizontalen Gewerbes, so dass in der Kneipe immer was los war. Diese Damen zerrten ihre Kunden, wenn sie ausreichend abgefüllt waren, in ihre schäbigen Wohnungen und nahmen ihnen dort das Geld ab. So redete man jedenfalls, wie Benjamin erfuhr, in der Nachbarschaft und bei manchen der ordentlichen Bewohner des Hauses. Man konnte sich kaum vorstellen, dass diese bier- und schnapsgefüllten Saufnasen noch zu einem ordentlichen Geschlechtsverkehr in der Lage waren. So kam es dann auch gelegentlich, dass abgefüllte Freier auf die Straße geworfen wurden, wo sie unter einem Baum auf einem kleinen Rasenfleck zwischen Hundekacke ihren Rausch ausschliefen. Da kam dann auch in den frühen Morgenstunden gelegentlich die Polizei und sammelte sie ein.

Manche Freier dieser Kneipe waren so vorlaut, dass sie meinten, sie könnten die Damen des Hauses behandeln wie dreckige Putzlumpen. Da waren dann auch mal laute Sprüche zu hören wie „Dir koff ick mir mal für zwee Tare".

Da gab es dann gleich die nicht weniger laute Antwort: „Wat machste denn dann mit mir. Krichst hier keen mehr hoch, spieln wir dann zwee Tare Mensch ärgere dich nich? Biste sicher ooch zu blöd dazu."

Direkt an der Ostberliner Seite der Mauer, etwa zehn Meter vom Haus entfernt, in dem er jetzt wohnte, stand ein ehemaliger Werksschuppen, der zum Nordbahnhof gehört hatte. Auf dem Dach dieses Gebäudes versammelten sich gelegentlich einige Angehörige der DDR-Grenzwächter. Sie hatten Feldstecher und beobachteten das 1. Geschoss des Hauses auf der Westseite, in dem Benjamin wohnte. Bei solchen Gelegenheiten guckte Benjamin aus seinem Fenster und fragte sich, was diese Kerle mit ihren Feldstechern beobachteten. Irgendwann fragte er eine ältere Mitbewohnerin des Hauses. Sie zog gleich eine verächtliche Schnute.

„Na ja, Sie wissen ja, bei uns im Haus wohnen auch zwei von diesen Damen aus der Kneipe. Diese Huren machen ihre Fenster auf und veranstalten ein bisschen Striptease für die Vopos. Sowas haben die noch nie gesehen."

Tatsächlich kamen in der warmen Jahreszeit beinahe täglich ein paar Offiziere mit ihren Feldstechern auf das Dach und guckten, was die Damen zu bieten hatten. Diese Damen bekamen zwar kein Geld für ihre Vorstellungen, aber sie machten sich einen Jux draus, sozialistische Offiziere aufzugeilen.

Als die Offiziere eines Tages Benjamin entdeckten, schien ihnen das ziemlich peinlich zu sein, dass sie von einem Wessi beim Striptease beobachtet wurden. Deshalb verließen sie sofort das Dach. Natürlich wusste Benjamin, dass dieser Striptease eine Sache war, die für diese Soldaten unerreichbar war, denn sie gehörte zu den in der DDR absolut verbotenen Dingen. Sowas gabs nur im moralisch verdorbenen Westen. Da wurde auch mal ein überzeugter DDR-Grenzwächter schwach.

Irgendwann erfuhr auch die regionale Presse vom gesamtdeutschen Striptease in der Gartenstraße. Da war es plötzlich vorbei mit diesen nackten Vorstellungen. Kein Volksarmist wagte sich wieder auf das Schuppendach.

Benjamin hatte sich bald an diese Nachbarschaft gewöhnt, die ihn nicht besonders interessierte. Aber im Haus auf der Nordseite gab es eine junge Dame, die, wie er bald merkte, offensichtlich Kontakt zu ihm suchte. Sie lebte dort mit einem Partner, hatte aber keine Hemmungen, Benjamin aus dem Fenster zu beobachten und mit Handküsschen zu flirten. Es schien so als hatte sie keine Arbeit, denn sie war auch tagsüber in der Wohnung und machte dort irgendwas. Benjamin fand das ganz lustig bis sie ihm eines Tages nicht nur Luftiküsse schickte. Sie stand am Fenster, warf ihm laszive Blicke zu und fing an, ihre Bluse aufzuknöpfen. So eine Situation hatte Benjamin noch nicht in Natura erlebt. Auch die Brüste, die sie ihm schließlich zeigte, waren von solchen Ausmaßen, wie er sie noch nie gesehen hatte. Das Zeigen von nackten Brüsten schien hier in der Gegend offenbar nicht unüblich zu sein. Irgendwann trafen sich die beiden zufällig in der Nähe der Kirche von St. Sebastian in der Gartenstraße. Aber da stellten beide fest, sie konnten absolut nichts miteinander anfangen. Die junge Dame hatte vielleicht auf ein kleines Liebesgeschäft gehofft, erfuhr aber, dass es sich bei Benjamin um einen armen, stotternden Studenten handelte. Da merkte sie, es war wenig lohnenswert, mit diesem armen Würstchen was anzufangen.

Benjamin hatte erfahren, dass einige seiner Sangerhäuser Schulfreunde in Ostberlin studierten. Zum Beispiel auch seine erste Freundin Angelika. Sie schrieben sich immer noch jede Woche, manchmal auch öfter. Angelika studierte Agrarwissenschaften in Ostberlin. Das war zwar nicht ihr Wunschfach gewesen, denn dank ihres unzureichenden gesellschaftlichen Engagements hatte sie ihr gewünschtes Fach nicht studieren können. Vielleicht hatten auch die einschlägigen Kontrollstellen bemerkt, dass sie immer noch regen Kontakt mit einem Republikflüchtigen hatte. Dieser Verdacht lag nahe, denn manche der Briefe von beiden Seiten waren eindeutig geöffnet worden. Sie bemühten sich zwar beide um absolut neutrale Formulierungen und vermieden jede Polemik. Aber der rege Kontakt mit diesem Republikflüchtigen blieb den östlichen Kontrolleuren sicher suspekt. Es war in den Augen der Funktionäre gewiss eine Schande, dass eine junge Studentin, die in die Geheimnisse der sozialistischen Landwirtschaft einsteigen wollte, Kontakt mit einem revisionistischen Republikverräter hatte.

Niemand, der von diesem regen Briefwechsel erfuhr, verstand ihn angesichts der totalen Aussichtslosigkeit. Vermutlich verstanden nicht einmal die Beiden, wieso sie immer noch aneinanderhingen. Denn es war klar, dieses Liebesverhältnis hatte keine Zukunft und keine Chance. Sie schrieben sich trotzdem. So erfuhr Benjamin regelmäßig, was Angelika passierte. So kam es, dass sich weder Benjamin noch Angelika auf neue Liebesverhältnisse einließen. Denn sie waren – wie beide glaubten - sicher, einen ähnlich passenden Partner würden sie niemals in ihrem Leben finden. Benjamins Mutter dachte immer mal laut darüber nach, wie aussichtslos diese Beziehung war, aber der Sohn ließ nicht von Angelika. Auch in Angelikas Familie gab es, wie Benjamin durch die vielen Liebesbriefe erfuhr, immer mal wieder Zweifel an dieser durch Mauer und Schießbefehl getrennten Beziehung.

Wie Benjamin bald gespürt hatte, waren seine Chancen bei westdeutschen Mädchen nicht allzu groß. Bei den Bürgerstöchtern gab es so gut wie kein Exemplar, das sich für einen stotternden Republikflüchtigen ohne Auto interessierte, der mit seiner Mutter in einer schäbigen Einzimmer-Wohnung lebte und oft nicht einmal Geld für ein abendliches Bier hatte.

Ein wunderliches Erlebnis hatte er mit einer Pfarrerstochter, die er in dem hessischen Jugendchor kennen gelernt hatte, in dem er in den Semesterferien sang. Irgendwie interessant fand er diese junge Dame nicht, sie war nicht annähernd so charmant und appetitlich wie Angelika. Aber mit der jungen Dame konnte man ganz gut plaudern. Deshalb vermutete sie wohl, dass Benjamin sich für sie interessierte. Bei einem eher zufälligen Treffen erklärte sie ihm, er solle es bei ihr nicht versuchen, denn sie hielt es mit den biblischen Worten. Benjamins Eltern seien, wie sie wusste, geschieden, vielleicht sei er auch unehelich. Sicher kenne er das Bibelwort im 2. Buch Moses über „die Schuld der Väter an den Kindern bis zum dritten und vierten Glied...". Als er das hörte, dachte er zuerst, die junge Dame machte einen Jux. Dann überlegte er, ob sie meinte, wegen der elterlichen Sünden habe ihn der Himmel mit seiner Stotterei bestraft, und bald verstand er, die meinte das ernst. Und er verstand, auch andere junge Damen des Chores hatten Vorbehalte unterschiedlicher Art. Zum Beispiel auch politische. Da gab es einige junge Leute in diesem Chor, für die das sozialistische System der DDR das viel Bessere war als der egoistische und räuberische Kapitalismus im Westen. Junge Menschen im Westen begannen, das kapitalistische System zu verdammen. Diese neuen Sozialisten waren der Meinung, in der DDR sei der Sozialismus auf einem guten Wege. Und Benjamin hatte diese wunderbare DDR verlassen.

„Er singt ja wunderbar", hatte man ihm schon mal zugetragen. „Auch wenn er stottert, ist er ein prima Kumpel, aber politisch liegt er total quer."

Angelika

Benjamin konnte von seinem Fenster in Richtung Nordbahnhof zum dortigen Postamt sehen, das in Ostberlin vielleicht 100 m entfernt von der Mauer lag. Nachdem er sich bei Tante Meta einen Feldstecher ausgeliehen hatte, konnte er ziemlich genau beobachten, was sich dort um dieses Postamt abspielte. Angelika schrieb er, wenn an seinem Fensterkreuz ein rotes Tuch hängt, ist er zu Hause. Er stellte seinen Zeichentisch so, dass er das Postamt immer im Auge hatte. Und tatsächlich entdeckte er in diesen Tagen eine Person, die in ihren Umrissen Angelika sehr ähnlich war. Er beguckte sich die Person durch seinen Feldstecher, und tatsächlich, es war Angelika. Er öffnete das Fenster und winkte ihr zu. Angelika winkte vorsichtig zurück. Denn es war sicher ein absolut reaktionäres Verhalten, über die Mauer hinweg Westberliner Menschen zuzuwinken.

Diese Art der Kontakte setzten sich in den nächsten Wochen fort bis Angelika begann, ihn in ihren Briefen zu einem Besuch in Ostberlin zu drängen. Das sei doch sicher möglich, immerhin sei er schon ein paar Jahre weg und er könnte sich immer herausreden, dass es seine Mutter war, die die DDR verlassen wollte.

Benjamin erkundigte sich bei der Polizei, was passieren würde, wenn er den Versuch unternähme, nach Ostberlin zu fahren. Die erklärten ihm, er müsse zu diesem Zweck einen Reisepass vorlegen können. Schließlich empfahlen sie ihm einen Besuch bei den sogenannten Westberliner Freiheitlichen Juristen. Das sei die Stelle, die am besten wisse, was in einem solchen Fall passiert. Also besuchte er die sogenannten Freiheitlichen Juristen. Die waren sehr freundlich, fragten ihm aber – wie man so sagt – ein Loch in den Bauch. Detailliert wollten sie wissen, ob er in der DDR vielleicht doch irgendwas angestellt hat. Und seien es irgendwelche abfälligen Bemerkungen in seinen Briefen an Angelika.

Ihm fiel nichts ein. Über Politik hatten sie in ihren vielen Briefen nie etwas geschrieben.

Natürlich fragte ihn der Mann bei den Freiheitlichen Juristen, warum er jetzt unbedingt in den Osten fahren wollte. Das sei doch ein wenig komisch, dass Angelika jetzt zu einem Besuch drängelte. Das fand er auch.

Hatte sie vielleicht einen anderen? War einer seiner Gedanken. Das konnte natürlich sein. Er wusste es nicht. Er überlegte: sie waren vier Tage nach seinem achtzehnten Geburtstag abgehauen. Die Idee, sich notfalls herausreden, dass ihn seine Mutter gezwungen habe, in den Westen zu gehen, fand er gut. Wenn sie allein gegangen wäre, hätte er keine Lebensgrundlage mehr gehabt. Also war er beinahe gezwungen, mit ihr zu gehen.

Einen Pass hatte er, also verabredete er sich per Brief mit Angelika am Bahnhof Friedrichstraße. Zum vereinbarten Termin fuhr er mit leicht wackeligen Knien über die Grenze zum Bahnhof Friedrichstraße. Die Knie wurden noch wackeliger, als die Kontrolle seines Passes mehr als eine halbe Stunde dauerte. Aber dann bekam er seinen Pass zurück, musste fünf DM West in fünf Mark Ost eintauschen und durfte einreisen. Vor dem Bahnhof stellte er sich an die Straßenbahnhaltestelle und wartete. Es dauerte etwa zehn Minuten bis Angelika aus einer Bahn stieg. Sie umarmten sich herzlich, aber Angelika vermied es, ihn zu küssen. Er erzählte ihr, wie das mit der Grenzkontrolle war, dann fuhren sie los zu ihrer kleinen Wohnung.

Nach fünf Stationen waren sie dort. Komisch, dachte er, sie wollte Benjamin immer noch nicht küssen. Aber sie wollte ihm etwas Wichtiges sagen.

„Ich habe einen neuen Freund. Das ist Peter, er ist Geologe und ist gerade auf einer Exkursion. Deshalb passt es gut, wenn ich dir das jetzt sagen kann."

Benjamin erklärte ihr, er habe sich sowas schon gedacht, aber das hätte sie ihm auch schreiben können. Er tat ziemlich abgeklärt und so als würde ihn diese Nachricht nicht allzu sehr erschüttern. In Wirklichkeit war er ein wenig verzweifelt. Aber jetzt wusste er, eine der letzten Bindungen zu seiner Jugend in Sangerhausen war zerschnitten.

Während sie Kaffee kochte, redeten sie noch eine Weile miteinander. Sie erzählten sich über ihre Familien, ihre jeweiligen Studienangelegenheiten und über das langweilige Studentenleben in der DDR.

Plötzlich klopfte es an der Wohnungstür. Angelika wurde weiß wie die Wand und legte ihren Zeigefinger auf ihre Lippen. Sie war in heller Aufregung, weil sie wusste, das konnte nur ihr neuer Freund sein. Offensichtlich war er schon wieder zurück von seiner Exkursion.

Still warteten beide. Benjamin war froh, dass er nicht niesen oder husten musste. Nach neuem Klopfen und ein paar Minuten regungslosem Warten hörten sie, wie jemand die Haustreppe nach unten ging. Sie warteten noch eine Weile, dann bat Angelika Benjamin, er möge doch bitte gehen. Das tat er dann auch. Und sie bat ihn, weiter brieflich in Kontakt zu bleiben.

Er fand ohne Schwierigkeiten zum Bahnhof Friedrichstraße. Dort kaufte er sich für die eingetauschten fünf Mark Ost ein Buch. Dann ging er zum Portal des Glasgebäudes für die Menschen aus dem kapitalistischen Ausland. Dieses gläserne Gebäude hatte in-

zwischen dank der regelmäßigen schmerzhaften Trennungssze-
nen vor dem Gebäude den inoffiziellen, aber sehr treffenden Namen „Palast der Tränen". Es gab keinerlei Probleme bei der Rück-
fahrt nach Westberlin.

Ein paar Tage war er von diesem Erlebnis ziemlich verwirrt. Dann
hatte er mit Angelika innerlich abgeschlossen. Er sah sie nie wieder, er hängte auch nicht wieder das rote Tuch ans Fensterkreuz.
Benjamin nutzte seine Reisemöglichkeit nach Ostberlin sehr bald
für sein Studium. Wöchentlich fuhr er mit einer Zeichenmappe
nach Ostberlin. Nach der Ankunft am Bahnhof Friedrichstraße besuchte er mit seinen obligaten umgetauschten fünf Ostmark den
Bücherladen „Unter den Linden". Dort gab es auch Noten, die viel
billiger waren als im Westen. Da konnte man zum Beispiel Studi-
enpartituren der bekanntesten deutschen Komponisten von der
Leipziger Edition Peters erwerben, die nur einen Bruchteil dessen
kosteten, was im Westen verlangt wurde. Das war ein gutes Geschäft.

Danach besuchte er das Pergamonmuseum und zeichnete für die
Fächer Baugeschichte, Kunstgeschichte und Zeichnen und Malen
einzelne Architekturteile ab. Also zum Beispiel Säulenbasen, ko-
rinthische Kapitelle oder antike Löwenköpfe. Die Aufsichtsperso-
nen im Museum interessierten sich sofort für Benjamins Arbeit.
Das passierte nicht oft, dass sich da jemand hinstellte und die an-
tiken Architekturteile abmalte. An der Kleidung verstanden sie
schnell, dass dieser junge Mann aus dem Westen kam. Da musste
man ein wenig höflicher sein als bei der üblichen DDR-Kundschaft.
Benjamin erzählte ihnen von seinem Architekturstudium in Westberlin und der Notwendigkeit, an einigen Lehrstühlen gewisse Arbeiten abzuliefern. Diese Informationen wurden offenbar weiter-
getragen, denn sehr bald sprach ihn eine Person aus der Museumsleitung an. Er erzählte auch diesem jungen Mann von seiner
Arbeit. Offenbar hatte die Museumsleitung gegen diese Art der

Anfertigung von Studienarbeiten keinen Einwand. Denn bei den folgenden Besuchen brachte ihm einer der Aufseher immer einen Stuhl, damit er bei seiner Zeichenarbeit nicht stundenlang stehen musste.

Als er bei einem seiner ersten Besuche mit einer gezeichneten ionischen Säulenbasis und einer Studienpartitur eines Bachoratoriums durch den Palast der Tränen zurück nach Westberlin fahren wollte, erregte er bei den Kontrolleuren einiges Interesse. Man nahm ihm die Zeichenmappe ab und bat ihn schließlich in einen Raum neben der Kontrollschranke. Dort wurde er ausgefragt nach dem Sinn dieser Zeichnung. Er zeigte seinen Studentenausweis und erklärte wahrheitsgemäß, er sei Student der Architektur in Westberlin und fertigte im Pergamonmuseum Arbeiten für sein Studium an. Das war nachvollziehbar. Aber was machte ein Student der Architektur mit Noten eines Bach-Oratoriums? Man wollte wissen, was er mit einer Studienpartitur eines Oratorienwerkes von Bach anfangen wollte. Er erzählte wiederum wahrheitsgemäß, er singe in einem Studentenchor, der die Aufführung dieses Werkes plane. Auch das war nachvollziehbar.

Er erzählte diese Geschichte mit den Zeichnungen im Pergamonmuseum seinen Kommilitonen, dann auch dem wissenschaftlichen Personal am Lehrstuhl, das sich über die Zeichnungen griechischer Architekturteile wunderte und erfreute. Immer wieder wurde er von allen möglichen Seiten nach seinen Zeichnungen gefragt, denn es waren ausnahmslos schöne Arbeiten, die mit besten Noten bewertet wurden.

Karli

Benjamin hatte die ganzen Jahre seit seinem Weggang aus der DDR Kontakt mit seinem geliebten Greifswalder Vetter Karli gehabt. Karli hatte in seiner Kindheit einen großen Teil seiner Ferien bei der Großmutter in Sangerhausen verbracht. So war es auch zu einer engen Beziehung zwischen ihm und Benjamin gekommen. Sie hatten sich immer wieder geschrieben, so dass Benjamin wusste, wie es Karli ging. Karli schrieb gern über die Familie. So hörte Benjamin, dass die Großmutter ein wenig litt unter den Verhältnissen in Greifswald. Denn die Aversionen seines Vaters gegen das klappernde Gebiss der Großmutter waren nicht weniger geworden.

Karli war jetzt erwachsen und würde nicht mehr – wie er das als kleiner, frecher Bengel gemacht hatte - mit den Hühnern aus einem Topf fressen. Er war leicht seriös geworden, studierte in Jena Medizin und fuhr immer mal über Berlin in seine Greifswalder Heimat. Seit Benjamin immer wieder nach Ostberlin fuhr, planten sie ein gemeinsames Treffen in Berlin im späten Frühjahr.

Sie trafen sich am Ostbahnhof, suchten sich dort in der Nähe ein Plätzchen unter Bäumen und hatten viel zu erzählen.

Nachdem Karli sich sorgfältig nach fremden und unzuverlässigen Ohren umgesehen hatte, fing er an über das sozialistische Universitätsleben zu reden. Es war so ähnlich, wie sich Benjamin das gedacht hatte. Man war nicht nur Mitglied der Freien Deutschen Jugend. Als Student Mitglied zu sein, hieß, aktive gesellschaftliche Arbeit zu leisten. Dazu gehörten regelmäßige Versammlungen, Schulungen und Arbeitseinsätze zum Beispiel bei der Ernte, denn die künftige Elite der Nation musste Vorbild in der sozialistischen Gesellschaft sein. Man erwartete von den Studenten, dass sie Wehrübungen machten und Kandidaten der sozialistischen Einheitspartei wurden. Karli war allerdings der Liberaldemokratischen Partei beigetreten. Die kannte er schon von seinem Vater. Diese Partei bildete mit den anderen Parteien der DDR die sogenannte Nationale Front der DDR. Aber das interessierte die Parteimitglieder der LDPD, die mehrheitlich aus Intellektuellen der DDR bestanden, weniger. Das Parteibuch war für Bürger der DDR wie eine Art Personalausweis. Erst mit diesem Büchlein war man vollwertiger Bürger der DDR.

„Musst du jemandem berichten, dass du deinen reaktionären und republikflüchtigen Vetter getroffen hast?" wollte Benjamin wissen.

„Eigentlich schon, aber genau weiß ich nicht wo. Meine Partei interessiert sich nicht dafür, vielleicht die FDJ. Aber das vergesse ich."

Die beiden hatten viel zu erzählen. Karli vermisste das Kramersche Haus in Sangerhausen, den wunderbaren Garten und die Hühner. Er fing an, von Geschichten zu erzählen, die damals in der Kindheit passiert waren. „Weißt du noch, was wir für Dummheiten gemacht haben? Wein haben wir der Oma aus dem Ballon geklaut und haben die Hühner davon betrunken gemacht. Weißt Du noch, wie sie über den Hof getorkelt sind?"

Natürlich wusste das Benjamin noch. „Du hast mit den Hühnern aus einem Topf gefressen und warst damals ganz schön frech. Mutti meinte immer, Du hättest schlechten Einfluss auf mich." Sie lachten.

„Hat dir aber nicht geschadet."

„Warum bist du nicht abgehauen?" wollte Benjamin wissen.

„Das hatte mir Vater strikt verboten. Als Professor hätte er gewaltigen Ärger mit der Universität bekommen. Er hatte zwar selbst mal darüber nachgedacht in den Westen zu gehen, denn er kannte den FDP-Bundesgeschäftsführer Genscher. Der war nach dem Krieg sein Schüler in Halle gewesen, aber ob der ihm helfen würde, wusste er nicht. Den Vater bedrückte die Tatsache, dass es angesichts der heftigen Westwanderungen in der Bundesrepublik zu viel wissenschaftliches Personal gab. Er fürchtete, dass er kaum eine halbwegs vernünftig bezahlte Position bekommen hätte. Vielleicht hätte er Lehrer werden können, aber er war schließlich ordentlicher Professor. Drunter wollte er es nicht machen."

Karli fragte weiter nach der schönen Angelika. Benjamin erzählte ihm, dass er sie getroffen hatte. Dass sie einen anderen hat und dass die Sache vorbei war.

Karli hatte in seinem Semester Studenten aus Sangerhausen kennen gelernt. Er hatte sie gefragt, ob sie Benjamin kannten. Natürlich kannten sie ihn. Karli erzählte, dass sie merkwürdig reserviert waren, als er sie nach Benjamin gefragt hatte. Er wusste nicht genau warum. Es war in der DDR offensichtlich so, dass es nicht so gut war, wenn man mit Menschen in engerer Verbindung stand, die nachweislich Feinde der Republik waren.

Im Palast der Tränen klerikale Propaganda

Schon im Chor der Jakobikirche in Sangerhausen hatte Benjamin Bekanntschaft gemacht mit einigen großen Werken der deutschen Kirchenmusik. So mit Bachs Weihnachtsoratorium, das vor Jahren die damals neue Kantorin, das junge Fräulein Lauer aufgeführt hatte. Während der Zeit in Marburg hatte er einen Jugendchor in Frankfurt kennen gelernt. Leider konnte er dort immer nur in den Semesterferien proben und gelegentlich an einem Konzert teilnehmen.

Dieser Frankfurter Chor machte jährlich immer wieder kleinere und größere Reisen. So plante man auch eine Konzertreise über eine ganze Woche nach Berlin. Benjamin freute sich auf seine vielen Freunde aus dem Chor.

Die Sängerinnen und Sänger schliefen und probten in einem Westberliner protestantischen Jugendhaus. Jeden Abend gaben sie Konzerte in West- und eines in Ostberlin. Sogar in der neu erbauten Philharmonie gaben sie ein Konzert. Das Deutsche Requiem von Johannes Brahms.

Für ihr Konzert in Ostberlin in einer der dortigen Kirchen waren sie zwar frühzeitig aufgebrochen, aber an der Grenze kamen den dortigen DDR-Grenzbeamten einige Bedenken, weil vor ihrem Schalter eine Schlange von jungen Menschen in Abendkleidung und mit dicken Notenpartituren stand. Der zuständige Grenzbeamte war angesichts dieser Gruppe von merkwürdigen Menschen ratlos und erfuhr auf seine Nachfrage, dass diese jungen Menschen die Absicht hatten, in einer protestantischen Ostberliner Kirche ein paar Motetten von Johann Sebastian Bach zu singen. Der arme Mann, der noch nie etwas in seinem Leben von irgendwelchen Motetten gehört hatte, war ein wenig ratlos. Er ließ sich eines der Notenhefte geben, stellte aber fest, dass er diese merkwürdigen Zeichen nicht lesen konnte. Von diesem Bach hatte er zwar schon mal was gehört, aber angesichts seiner ratlosen Blicke vermutete er vielleicht einen Augenblick, dass hier mit Hilfe dieser geheimnisvollen Bücher eine republikfeindliche Aktion geplant war. Er holte seinen Vorgesetzten. Aber der war auch nicht viel schlauer. Der war zwar sicher, dass diese Punkte und Striche auf den Linien harmlose Noten waren, aber er hatte Zweifel, ob diese jungen Menschen aus dem Westen redliche Absichten hatten. Gut, dass ein Teil der Noten aus dem volkseigenen Verlag Edition Peters stammte. Er war sicher, mit diesem Material konnte man keine republikfeindlichen Aktionen durchführen.

Angesichts dieser Ratlosigkeit der sozialistischen Beamten schlug der Dirigent Joachim Martini vor, ein Stück aus dem Notenbuch vorzusingen. Dieser Vorschlag wurde zwar mit einiger Skepsis bei den sozialistischen Mitarbeitern aufgenommen. Aber sie akzeptierten letztlich diesen Vorschlag, weil sie auf diese Weise erfahren konnten, ob diese Geschichte mit dem Konzert auch seine Richtigkeit hatte. Der Chor baute sich also vor der sozialistischen Grenzkontrolle auf und sang Bachs Motette „Lobet den Herren, alle Heiden! Preiset ihn, alle Völker".

Diese Art von Musik hatten die sozialistischen Mitarbeiter noch nie gehört. Als sie noch erfuhren, dass diese Musik von einem Komponisten war, der auf dem Gebiet der DDR geboren war und gelebt hatte, waren sie sicher, diese Musik konnte nicht zum verderblichen Repertoire der westlichen Kunstszene gehören. Nur an dem Text störten sie sich, denn diese für sozialistische Ohren absolut destruktive Aufforderung „Lobe den Herren, alle Heiden" konnte nicht das Gefallen der DDR-Kulturverantwortlichen finden.

Am Ende der kurzen Veranstaltung klatschten etliche Personen, die sich inzwischen auch vor der Sperre nach Ostberlin eingefunden hatten, begeistert Beifall. Die sozialistischen Grenzbeamten verstanden diese ganze Veranstaltung zum Glück nur zum Teil. Aber sie ahnten, dass hier mit diesem Notentext in sehr perfider Art Propaganda mit Hilfe des bekannten großen Komponisten gegen das sozialistische System gemacht wurde. Um weiteren Ärger zu vermeiden, ließ man die jungen Sänger ohne weitere Vorbehalte oder Nachfragen in die Hauptstadt der DDR einreisen. Denn sie hatten sich angesichts der DDR-Noten keiner republikfeindlichen Aktion schuldig gemacht. Hier war Johann Sebastian selbst schuld. Leider kamen die Sänger zu ihrem Konzert ein wenig zu spät. Aber sie waren schon eingesungen.

Benjamin freute sich, dass er während des Konzertes seinen Kommilitonen Hermann sah, mit dem er auch im Hochschulchor der Musikhochschule sang.

Hermann

Benjamin hatte an der benachbarten Musikhochschule einen interessanten Chor gefunden, der gelegentlich Konzerte in der Kaiser-Wilhelm-Gedächtniskirche und in anderen Berliner Kirchen gab. Die Mitglieder waren mehrheitlich Musikstudenten, aber es waren auch etliche junge Leute von der nahen Technischen Universität dabei. Benjamin hatte den Chor in einem Konzert gehört, ihm hatte der musikalische Vortrag gut gefallen. Deshalb besuchte er eine der Proben und erzählte dem Chorleiter ein wenig von seinen Chorerfahrungen in der DDR und in Frankfurt. Er durfte gleich bei den Proben für die Bach'sche Johannispassion mitproben. Die Noten hatte er sich natürlich in Ostberlin besorgt. Bei den Proben merkte er sehr bald, die Studenten der Musikhochschule guckten abfällig auf die Mitsänger von der Technischen Universität als vermuteten sie, diese Techniker konnten die Großartigkeit dieser Musik nicht nachvollziehen. Als sie merkten, dieser Benjamin stottert, taten sie so als sei er Luft. Das war ein wenig deprimierend, denn das stärkte den Zusammenhalt innerhalb des Chores nicht. Aber Benjamin hatte sich gefreut, als er bei den Sängern auch einen seiner Kommilitonen aus seinem Semester traf. Das war Hermann, ein junger Mann aus Niedersachsen. Sie stellten schnell fest, dass sie in Berlin beinahe Nachbarn waren, denn Hermann wohnte in der Bernauer Straße. Natürlich auf der Westseite, vielleicht 200 Meter von Benjamins luftiger Bude entfernt. So kam es, dass sie oft gemeinsam in die Uni oder zur Probe fuhren und natürlich viel gemeinsamen Gesprächsstoff hatten.

Hermann aus Hannover stammte aus einer Lehrerfamilie. Benjamin erfuhr bald vom Engagement der Familie in der evangelischen Kirche. Natürlich wollte Hermann wissen, wie sich das Leben in der DDR gestaltete. Wie es zum Beispiel war, wenn man sich in der DDR als Christ bekannte. Da konnte Benjamin viel erzählen. Über die Schikanen in der Schule, die Schwierigkeiten des Alltags, über die Arbeit im Kirchenchor und im Posaunenchor. Und über seine Rolle als reaktionärstes Schwein der Schule.

Hermann wusste natürlich schon eine Menge über das Leben in der DDR, aber wie sich das konkret gestaltet hatte, war ihm nicht vertraut.

In der Universität hatten es inzwischen die beiden so organisiert, dass ihre Zeichentische im Zeichensaal zusammenstanden, so dass sie viel miteinander reden und sich gegenseitig helfen konnten.

Benjamin wunderte sich gelegentlich, dass Hermann so viel über die DDR wissen wollte. Bisher hatte er die Erfahrung gemacht, dass Westdeutsche sich nicht besonders dafür interessierten, was im östlichen Teil Deutschlands passierte. Dort lebten eben die Ossis. Arme Leute, die zu bedauern oder so naiv waren, dass sie dieser Art von Sozialismus noch Chancen zutrauten.

Hermann und Benjamin redeten auch immer wieder über dessen Zeichenarbeit im Pergamonmuseum. Immerhin waren die Ergebnisse beachtlich und inzwischen unter den Kommilitonen bekannt.

Benjamin versuchte Hermann zu überreden, seine notwendigen Übungen für Baugeschichte ebenfalls in Ostberlin anzufertigen. Aber der wollte nicht. Angeblich hatte er zu viel anderes zu tun. Benjamin dachte nicht weiter darüber nach. Irgendwelche Gründe würde er schon haben.

Eines Tages bat Hermann seinen Freund Benjamin um ein Gespräch. Unbedingt unter vier Augen. Benjamin wunderte sich, was Hermann wollte, aber er dachte sich nichts weiter dabei, denn inzwischen kannten die beiden sich seit Anfang des Studiums und vertrauten sich gegenseitig. Als sie beide an einem späten Abend allein im Seminarraum saßen, erzählte Hermann leise, aber ein wenig aufgeregt eine spannende Geschichte.

„Da wird seit Monaten an einem Tunnel gegraben" erklärte der junge Mann. „Ein Tunnel unter der Mauer. Es ist bald so weit, dass man in Ostberlin wieder an die Oberfläche kommt."

Das war spannend für den republikflüchtigen Benjamin, aber er fragte sich, warum Hermann ihm diese Geschichte erzählte. Die Antwort kam sofort. Hermann war so etwas wie ein Organisator, der jetzt zum Beispiel die ausgewählten Flüchtlingskandidaten zu organisieren hatte. Da sollte ihm Benjamin helfen, denn er kannte die Verhältnisse in der DDR.

„Jetzt müssen die Interessierten informiert werden, wie das mit der Flucht funktionieren soll" fing Hermann an. Meine Freunde und ich haben eine Liste von Personen, die abhauen wollen. Von den Namen kennen wir nur die Initialen. Die Liste hat uns jemand aus dem östlichen Teil der Gemeinde der Versöhnungskirche an der Bernauer Straße zukommen lassen. So ungefähr wissen wir auch, was das für Menschen sind. Da gibt es gewisse Beschränkungen hinsichtlich Alter, Behinderungen und Gewicht. Ein Kerl mit 300 Kilo passt zum Beispiel nicht durch die Röhre. Wir haben jetzt ein Konzept entwickelt, wann exakt die Interessenten an welchem Ort sich einfinden sollen. Es handelt sich um die 100 Personen, die in kleinen Gruppen geführt werden müssen. Für jede Gruppe wurden die exakten Uhrzeiten festgelegt. Der Bruder von der Versöhnungsgemeinde hat die Liste ausgearbeitet, er soll seinen Interessenten erklären, wann und wo sie sich einfinden sollen. Es gibt da in der Ackerstraße ein unbewohntes Gebäude, das noch der Kirche gehört aber wegen der Nähe der Mauer leer steht. Da wird der Zugang zum Tunnel sein. So ist es jedenfalls geplant. Aber es ist wichtig, dass die Leute zeitlich versetzt kommen. Wenn die alle auf einen Haufen kommen geht das mit Sicherheit schief. Und alle müssen das Kennwort wissen. Es lautet „Olympia". Du weißt ja, die Olympiade ist dieses Jahr in Tokio."

Benjamin schnappte nach Luft. Er ahnte, welche Aufgabe man ihm zugedacht hatte. Er sollte dem Bekannten der Versöhnungsgemeinde sagen, wann und wie exakt die Fluchtaktion ablaufen sollte. Der würde dann die einzelnen Personen informieren, zu welcher Uhrzeit sie sich wo einfinden sollten.

Hermann erzählte, welche Anstrengungen er und seine Freunde bisher geleistet hatten, um diesen Tunnel zu graben. Das waren mehr als 130 m Länge bis zu einer Tiefe von sechs Metern. Eine ziemlich gefährliche Angelegenheit, denn auf diesem Tunnel lag die Last einer Straße und von zwei Häusern. Wenn die Angelegenheit während der Arbeit einbrach, waren die Akteure verschüttet und vermutlich tot. Tatsächlich brachen immer mal wieder Erdbrocken von der Decke des Tunnels ab. Dann besorgte man sich Bretter und Stützen, um die Angelegenheit zu stabilisieren.

Für die Erde aus dem Tunnel gab es in dem Anwesen, von dem aus die Tunnelgräber mit ihrer Arbeit begonnen hatten, einen großen Schuppen. Dieses Anwesen gehörte zu einem ehemaligen Laden, der schon lange vor dem Mauerbau geschlossen worden war. Der Eigentümer war ein früheres aktives Mitglied der Versöhnungsgemeinde, die durch die Grenze geteilt worden war.

Die Grabungsarbeiten konnten nur mit Hacke, Spaten und Schaufel bewerkstelligt werden, denn das Ganze musste nahezu lautlos passieren. Zweimal hatten sie trotz der Tiefe des Tunnels ein Wasserrohr beschädigt, so dass der halbe Tunnel unter Wasser stand. Dann hatten sie mit großen Mühen und einer kleinen Pumpe die Höhle leer gepumpt.

Hermann, der immer wieder mitgegraben hatte, war als angehender Architekt für die statischen Probleme dieses Tunnelwerkes verantwortlich. Er stöhnte manchmal über diese Arbeit, denn alle Beteiligten wussten, die ganze Aktion geschah unter permanenter Lebensgefahr.

Als er Benjamin um ein wenig Mithilfe bat, musste der nicht lange überlegen. Er war selbst mal aus der DDR geflohen, er kannte die Nöte der Menschen, die dieses Land verlassen wollten und er hatte das subversive Talent seiner Mutter geerbt. Es war klar, dass er helfen würde.

Hermann gab ihm am folgenden Tag einen offenen Umschlag, in dem sich ein Zettel mit einigen Uhrzeiten befand. Die Fluchtkandidaten sollten in Gruppen zu zwanzig Personen eingeteilt werden. Wo und in welcher Reihenfolge die Fluchtkandidaten sich einfinden sollten, wusste der Ostberliner Bruder von der Versöhnungsgemeinde am besten. Das würde der erledigen. Der wusste auch schon das Kennwort „Olympia". Die Kandidaten mussten zeitlich exakt in das Anwesen geführt werden, wo sich der Tunneleingang befand.

Wenn es auffallen würde, dass an einem Abend eine größere Zahl an Personen dieses Haus besuchte, würde man sagen, man habe hier eine Veranstaltung der Kirchengemeinde. Hermann zeigte ihm auch ein Foto von dem Kontaktmenschen der Versöhnungsgemeinde und gab ihm auch einen Zettel mit der Adresse dieses Mannes. Foto und Adresse musste er sich einprägen, denn mitnehmen durfte er es nicht.

Benjamin fuhr am folgenden Nachmittag mit seiner Zeichenmappe nach Ostberlin. Den Zettel mit den Uhrzeiten hatte er im Studentenausweis bei seinen Ausweispapieren. Falls man ihn fragte, was das für ein Zettel ist, dann wollte er sich herausreden, das sei eine Unterlage für sein Studium.

An der Grenze kannte man ihn schon. Die Kontrolle dauerte weniger als drei Minuten. Niemand interessierte sich für irgendwelche Zettel. Es schien so als sei dieser Beamte sicher, dieser stotternde junge Mann schien ziemlich naiv zu sein und konnte vermutlich kaum einer Fliege etwas zuleide tun.

Der Tunnel

Benjamin ging zu der Adresse in Ostberlin, die ihm Hermann gegeben hatte. Dort traf er diesen Menschen, der offenbar in der Kirchengemeinde gewisse Funktionen hatte. Es war, wie Benjamin später erfuhr, ein pensionierter Religionslehrer. Benjamin gab ihm kommentarlos den Zettel. Beide stellten fest, die Sache war bisher ohne irgendwelche Komplikationen gelaufen. Sowohl im Westen als auch im Osten. Beide waren dankbar, dass es in diesen Tagen nicht regnete. Bei Regen hätte Wasser in den Tunnel eindringen können.

Ein weiteres Gespräch gab es nicht.

Benjamin wusste, diese Aktion würde an einem Abend starten, denn tagsüber gab es immer wieder Polizeistreifen in der Nähe der Grenze. Es wäre aufgefallen, wenn immer wieder Menschen an diesem Hause auftauchen würden.

Die Flüchtlinge sollten zum vorgegebenen Termin in der Nähe eines Friedhofes eintreffen. Dort sollten sie von einem Boten nacheinander abgeholt und zu dem Anwesen gebracht werden, wo sich der Eingang des Tunnels befand. Soviel wusste Benjamin, aber wer die Boten waren, hatte man ihm nicht gesagt. Er nahm an, dass es Boten von der Kirchengemeinde waren.

Benjamin war neugierig. Schon am frühen Abend hatte sich Benjamin zu dem ihm bekannten Treffpunkt aufgemacht. Er war zum Bahnhof Friedrichstraße gefahren und von dort mit der Straßenbahn zur Ackerstraße.

Tatsächlich fanden sich in der Nähe des Friedhofs nach und nach ein paar Personen ein, die auf ihre Kontaktpersonen warteten. Sie wurden sehr bald abgeholt und zu dem Anwesen gebracht, in das der Tunnel mündete.

Benjamin beobachtete diese Aktion vielleicht zehn, fünfzehn Minuten. Länger wollte er sich nicht in der Nähe der kleinen Gruppe der Flüchtlinge aufhalten, denn er fürchtete, dass seine Neugier nur Unruhe und Misstrauen schaffen würde.

Benjamin blieb so lange in seinem Versteck bis der erste Schub an Kandidaten im Anwesen der Kirche verschwunden war und die nächsten Kandidaten sich am Treffpunkt sammelten.

Er wollte aber am folgenden Abend wiederkommen. Noch spät in der Nacht erfuhr er nach seiner Rückkehr, dass alles geklappt hatte. Die ersten Flüchtlinge waren inzwischen in ihre Quartiere gebracht worden.

Am folgenden Abend fuhr Benjamin wieder in die Nähe des Friedhofs. Wieder beobachtete er, wie sich einzelne Personen an der vereinbarten Stelle versammelten und in das Anwesen geführt wurden.

Weil die Sache offenbar reibungslos lief, entschied er sich, zurück zum Bahnhof Friedrichstraße zu fahren. Er machte sich auf den Weg und war vielleicht zweihundert Meter gelaufen als er Schüsse hörte.

Er rannte in Richtung Invalidenstraße und fuhr von dort zügig zum Bahnhof Friedrichstraße. Dort stieg er nach der Grenzkontrolle in die S-Bahn und fuhr zurück nach Westberlin.

Spät am Abend versuchte Benjamin seinen Freund Hermann zu erreichen, aber der war nicht aufzutreiben. Benjamin hatte große Sorge um ihn, denn es war klar, die Schüsse standen im Zusammenhang mit der Fluchtaktion. Es konnte sein, dass Hermann bei dieser Schießerei etwas abbekommen hatte. Am Telefon erreichte er nur einen von Hermanns Freunden, der ihm aber erklärte, alle Beteiligten von der westlichen Seite hätten unbeschadet die Aktion überstanden. Die Aktion sei aber abgebrochen worden, weil plötzlich Grenzsoldaten der DDR aufgetaucht waren. In den westlichen Nachrichten war noch in der Nacht zu hören, dass es offenbar einen Fluchtversuch im Bereich der Bernauer Straße gegeben hatte. Von östlicher Seite sei von der Schusswaffe Gebrauch gemacht worden. Ob Menschen zu Schaden gekommen sind, war nicht bekannt.

Tatsächlich erfuhr man später, dass der DDR-Staatssicherheitsdienst von der Fluchtaktion gehört und einen ihrer Leute unter die Flüchtenden eingeschleust hatte. Bei der Unterbindung der Fluchtversuche hatten die Ostberliner Grenzsoldaten versehentlich einen eigenen Kameraden erschossen. Natürlich wurde von der Ostberliner Propaganda jahrelang behauptet, die verbrecherischen Flüchtlinge hätten den Grenzsoldaten bei der Ausübung seiner vaterländischen Pflichten erschossen. Wie es letztlich gewesen war, erfuhr die Öffentlichkeit beider deutschen Staaten erst nach der Wiedervereinigung.

Am folgenden Tag sah Benjamin seinen Freund Hermann erst am Nachmittag. Er war total übernächtigt und mit den Nerven sozusagen am Ende. Er war traurig, dass man nur etwas mehr als 50 Personen zur Flucht verholfen hatte. Er sorgte sich um die weiteren Kandidaten, die es nicht geschafft hatten. Wenn man deren Namen herausfinden würde, bedeutete das vermutlich Gefängnis für jeden. Man hoffte auf der Westseite, dass es keine Liste mit den Klarnamen gab.

Der Tunnel war nicht mehr nutzbar. Die Ostberliner Ordnungskräfte hatten den Tunneleingang sofort verschlossen, hatten das ganze Areal abgesperrt und versuchten, wie man von der Ostberliner Seite hörte, mehr über diese unverschämte Aktion zu erfahren. Von Westberliner Seite hatte man inzwischen Steine in den Tunnel geschleppt und Erde in den Schacht gekippt. Es gab bald die Information, dass man den Bruder der Versöhnungskirche verhaftet hatte. Wie man später erfuhr, hatte der alles abgestritten und hatte so getan als sei er von einzelnen Passanten nur nach dem Weg gefragt worden. Er wurde, wie man später erfuhr, trotzdem verhaftet und zu einer Haftstrafe verurteilt.

Am folgenden Abend gab es in Hermanns WG eine kleine Feier, zu der auch Benjamin eingeladen wurde. Da erfuhr Benjamin, dass offenbar einer der Fluchtkandidaten ein Spitzel der Stasi gewesen war. Benjamin erfuhr, mit welchen schrecklichen Mühen Hermann und seine Freunde diesen Tunnel gegraben hatten. Da hatte es in der Erde plötzlich Leitungen gegeben, die noch Strom oder Gas führten. Abwasser vom Dach floss gelegentlich noch in den Tunnel. Manche der Tunnelbauer hatten täglich acht und mehr Stunden in diesem Loch gegraben. Zum Glück war die Hauptarbeitszeit in den Semesterferien gewesen, so dass die Tunnelbohrer wenigstens etwas Zeit gehabt hatten.

Einige der Flüchtlinge waren auch zu diesem kleinen Fest gekommen. Sie waren von den Anspannungen der Flucht, der Angst und schließlich der Freude aufgeregt wie ein Hühnerhaufen, den ein Marder überfallen hatte. Alles schwatzte durcheinander, sie erzählten von den Schikanen, die sie in der DDR erlebt hatten und von ihrer Angst. Wenn man sie geschnappt hätte, hätte das ein paar Jahre Zuchthaus bedeutet. Oder aber den sicheren Tod, denn der Schießbefehl galt auch bei dieser Art von Republikflucht.

Am folgenden Sonntag besuchten einige der Fluchthelfer und Tunnelgräber die Kirche auf Westberliner Seite. Benjamin war nicht dabei. Er hielt es für besser, von den Fluchthelfern eine gehörige Distanz zu halten, denn er wollte wieder gelegentlich nach Ostberlin fahren. Die Fluchthelfer dankten dem Himmel, dass ihnen dieses Fluchtprojekt geglückt war. Sie waren überzeugt, dass Gott auf ihrer Seite gestanden hatte, denn im anderen Fall hätte die Sache nicht geklappt.

Sie redeten darüber, an welcher Stelle sie den nächsten Tunnel graben könnten. Das wollten sie sich dann doch später überlegen, denn erst einmal mussten sie wieder studieren.

Zu dieser Art der Tunnelfluchten kam es durch die Gruppe dann doch nicht mehr, denn einige der jungen Tunnelbauer mussten sich auf Examen vorbereiten, so dass keine Zeit mehr war, um wochenlang Tunnel zu graben. Sie gestanden sich auch ein, dass sie

Angst hatten. Anfangs hatte das abenteuerliche Schaufeln unter der Staatsgrenze auch eine gewisse sportliche und aufregende Note. Natürlich war es interessant die dichteste Grenze der Welt zu durchlöchern, aber dann kam die Angst. Was wäre passiert, wenn man sie geschnappt hätte? Nicht auszudenken! Vielleicht Tod, vielleicht jahrelang Zuchthaus, jahrelange Schikanen, vielleicht mit Glück Freikauf durch die Bundesrepublik. In jedem Fall aber viel Ärger und ein gewaltiger Verlust an Zeit.

Bote Benjamin

Benjamins Botengänge bei dem Tunnelprojekt waren ausnahmslos erfolgreich gewesen. Deshalb bediente man sich gelegentlich weiterhin seiner Hilfe. Sein Studienkollege Hermann hatte noch andere Probleme zu erledigen, für die er Benjamin brauchen konnte.

Hermann hatte dank seiner kirchlichen Bindungen etliche Kontakte mit Menschen aus der DDR. Einige von denen lebten auch in Ostberlin. Da war es immer mal notwendig, dass Informationen ausgetauscht werden mussten und Hilfen notwendig waren.

Es gab, was man weder im Westen noch im Osten allgemein wusste, zum Teil enge Kontakte zwischen Kirchengemeinden in beiden Teilen Deutschlands obwohl diese Kontakte von den sozialistischen Behörden nicht gern gesehen wurden. Denn in den Augen der sozialistischen Obrigkeit waren die Kirchen ein Teil der reaktionären bürgerlichen Bande, die man bekämpfte. Zwar hatte das DDR-Regime die Vernichtungsaktionen, die die sowjetischen Sozialisten gegenüber der russischen Kirche nicht angewendet. Aber ideologische Feinde waren die Kirchen auch in der DDR, weil es im Sozialismus keine Götter geben durfte, bestenfalls menschliche Götter wie Karl Marx und Friedrich Engels.

Da gab es auch immer wieder Aktionen, die von den DDR-Behörden nicht gern gesehen oder sogar als kriminell betrachtet wurden. Insbesondere betraf das zum Beispiel finanzielle Hilfen für die Kirchengemeinden im Osten. Wenn diese finanziellen Hilfen nach den Vorstellungen der DDR im Wechselkurs 1:1 erfolgten, war die DDR damit durchaus einverstanden. Die betroffenen Kirchengemeinden waren es allerdings nicht. Denn angesichts des im Westen üblichen Kurses von etwa einer Westmark für vier Ostmark war dieser vorgeschriebene DDR-Wechselkurs nichts anderes als eine staatlich angeordnete Form von Diebstahl. Der von der DDR verlangte Wechselkurs war nichts anderes als die Festlegung, ein Kilo Eisenblech ist so viel wert wie ein Kilo Goldklumpen. Die DDR-Obrigkeit forderte zwar, dass die westlichen Spenden in Westmark gezahlt wurden, die dann 1:1 getauscht werden sollten. Aber so blöd waren die Kirchen auch nicht, dass sie sich von den Behörden der DDR auf diese Weise bestehlen ließen. So passierte es, dass die westlichen Gemeinden ihren Brüdern und Schwestern in der DDR illegal Beträge in Ostmark zukommen ließen, die nach dem Verhältnis 1:4 getauscht waren. Das war in den Augen der DDR-Obrigkeit ein schweres Devisenvergehen, musste deshalb sehr diskret passieren und bedurfte geschickter und diskreter kirchlicher Finanzverwalter. Wenn das vom kirchlichen Rentamt ordentlich und geschickt verschleiert war, konnte diese Art von „Betrug" nicht mehr nachgewiesen werden. Da war es gut, wenn die Kirche sich auf private Firmen zum Beispiel des Baugewerbes verlassen konnte, die es ja noch in der DDR in geringem Umfang gab. Es waren jedenfalls gelegentlich windige Geschäfte, die da angesichts der willkürlichen Festlegung von Wechselkursen durch die DDR-Administration abgewickelt wurden. Die DDR-Administration wollte den Reibach machen, die Kirchen fanden Wege, um dieses mit List zu verhindern.

Denn einerseits brauchte man in der DDR zum Beispiel soziale Einrichtungen und somit auch die Förderungen aus dem Westen, andererseits hätte es die DDR-Obrigkeit vermutlich als Peinlichkeit betrachtet, wenn die DDR-Öffentlichkeit erfahren hätte, dass die westlichen Imperialisten Aufgaben der ungeliebten und ideologisch fehlgeleiteten Kirchen in der DDR mit einem Wechselkurs finanzierten, der in der DDR eigentlich verboten war. Welche Schande wäre das gewesen!

Auf diese in den Augen der DDR-Nomenklatur kriminelle Weise wurde die Finanzierung eines großen Teils des notwendigen Bauunterhaltes für kircheneigene Gebäude oder auch für die Reparatur wertvoller Orgeln abgewickelt. Die Staatsmacht DDR war nicht bereit oder auch in der Lage, Kosten für Bauunterhalt oder kirchliche soziale Einrichtungen zu finanzieren. Gleichwohl wäre es für die Staatsmacht DDR eine Schande gewesen, wenn kostbare Bauwerke wie zum Beispiel der Naumburger Dom, die Leipziger Thomaskirche, die Marienkirche in Erfurt oder manche kostbare Silbermannorgel vergammelt wären. Da gab es auch in Sangerhausen die spätgotische Jakobikirche, die nach einem Brandschaden dringend zu reparieren war. Auch andere kirchliche Einrichtungen wie Hospize oder andere soziale Einrichtungen brauchten gelegentlich finanzielle Unterstützungen. Da ließ sich die DDR-Obrigkeit gern, wenn auch zähneknirschend von den westdeutschen Gliedkirchen und anderen kapitalistischen Geldgebern finanziell helfen und taten gelegentlich angesichts des in den DDR-Augen unzulässigen Wechselkurses von 1:4 so als hätten sie nichts gesehen.

Bei den Kontakten zwischen westdeutschen und DDR-Kirchen ging es auch in vielen Fällen um irgendwelche Nachrichten und Informationen, von denen die Ostberliner Behörden nicht unbedingt was hören sollten. Da ging es neben der Finanzierung von Baumaßnahmen durch die westdeutschen Gliedkirchen auch um

Hilfen für einzelne Personen, die aufgrund irgendwelcher Vorgänge in Not geraten waren. Da kam es vor, dass ein Gemeindemitglied wegen irgendwelcher „Vergehen" verhaftet oder aus seiner Arbeitsstelle entfernt worden war und die Familie plötzlich ohne Ernährer dastand. Oder es gab immer wieder Personen, die auf sogenanntem legalem Wege die DDR verlassen wollten.

So war es dank der Hilfe aus dem Westen nicht allzu schwer, auch auf privater Basis gewisse soziale oder menschliche Probleme zu lösen. Das waren oft Dinge, von denen die DDR-Obrigkeit offiziell nichts wissen sollte. Denn sie waren vielfach mit nötigen, aber nach DDR-Recht nicht legalen finanziellen Transaktionen verbunden. Da mussten immer mal größere Beträge von DDR-Geld in die DDR transportiert werden. Dank der unverschämten Forderung des DDR-Regimes, dass eine Ostmark den Wert einer Westmark zu haben hatte, obwohl das Umtauschverhältnis etwa 4:1 war, machte es notwendig, sich Ostmark in Westberlin zu besorgen. Die war dort wesentlich billiger. Aber weil die Einfuhr von Ostmark in die DDR nicht erlaubt war, musste man nach geeigneten Wegen suchen, um diese strafbare Handlung zu verschleiern. Deshalb borgte sich Hermann bei einem seiner Tunnelgräber einen alten VW, der so hervorragend präpariert war, dass man die versteckten Ostmark selbst bei intensiverer Suche nicht finden würde. Auf diese Weise schafften Hermann und Benjamin einige tausend Westmark und auch Ostmark nach Ostberlin. Das war Geld, das von westlichen kirchlichen Organisationen stammte. Natürlich wurden diese Aktionen so diskret abgewickelt, dass niemand davon etwas erfuhr. Nicht einmal die Berliner Kirchenleitung der Protestanten erfuhr etwas von diesen Transaktionen.

Bei all' diesen Geschäften waren Hermanns und Benjamins Begabungen gefordert. Insbesondere, wenn es um Personen ging, die aus irgendwelchen Gründen die DDR verlassen wollten. Denn der legale Weg zum Verlassen der DDR dauerte in der Regel einige Jahre und war mit erheblichen Entbehrungen verbunden. Bei all' diesen Aktionen schleppte Benjamin seine Zeichenmappe mit und tat so als sei der Grund seiner Reise nach Ostberlin die Zeichnungen im Pergamonmuseum. Das erwies sich als eine erfolgreiche Tarnung.

Ein Toter an der Mauer

Für Benjamin endete bald das fünfte Semester in Berlin. Das bedeutete, das Vordiplom stand an. So auch im Fach Kunstgeschichte. Dank seiner bemerkenswerten Arbeiten aus dem Pergamonmuseum hatte er eine sehr gute Vorzensur, so dass er sicher war, in diesem Fach würde er die fällige Prüfung ohne besonderen Aufwand bestehen. Ein paar Tage vor dem mündlichen Prüfungstermin las er sich noch einmal die Mitschriften aus der Vorlesung durch. Er wusste, dieses oberflächliche Wissen würde nicht genügen. Eigentlich war erforderlich, sich mit einem kunsthistorischen Thema besonders auseinander zu setzen. Aber dazu hatte er keine besondere Lust.

Es war Anfang Juni, das Wetter war schon sehr warm. Er hatte auch noch einige Zeichnungen für das Fach Baukonstruktionen anzufertigen. Das erledigte er abends und in der Nacht. Denn unter dem Dach in der Gartenstraße war es am Tage beinahe unerträglich heiß. So saß er noch am Abend an einer Zeichnung. Diese gezeichneten Entwürfe wurden – anders als heute - mit Stift, Lineal und Zeichendreieck angefertigt. Benjamin schwitzte und ärgerte sich, dass seine schweißfeuchten Unterarme immer wieder am Transparentpapier festklebten. Er hatte alle Fenster seiner kleinen Wohnung geöffnet in der Hoffnung, dass die Abendluft ein wenig Kühle in sein Zimmer bringt. Zu hören war nur das übliche nächtliche Geräusch der Großstadt. Aber plötzlich hörte er die Knallerei von Schüssen. Fünf Schüsse ganz in seiner Nähe, dann hörte er einen ohrenbetäubenden Schrei. Dann noch einmal einige Schüsse.

Benjamin rannte an das Fenster mit Blick entlang der Mauer der Gartenstraße. Er war sicher, von dort waren die Schüsse gekommen. Auf der Ostseite der Mauer waren in der Dunkelheit in einer Entfernung von etwa hundert Metern nur schemenhaft einige Personen zu sehen. Was die dort genau machten, konnte Benjamin auch mit Feldstecher nicht erkennen.

Tatsächlich waren nur wenige Minuten später auf der Westberliner Seite die ersten Polizeiautos mit Blaulicht zu sehen und zu hören. Mehr sah er erst einmal nicht. Er lief auf die Straße zu der Stelle, wo die Polizeiautos standen. Man hatte ein Stück der Gartenstraße abgesperrt, was aber eigentlich nicht notwendig war, denn auf der Gartenstraße war in der Regel so gut wie kein Verkehr.

Benjamin erklärte einem der Polizisten, was er von seinem Fenster gesehen hatte. Er erwähnte, dass er in diesem großen Haus direkt an der Mauer wohnen würde.

„Auf der Ostseite der Mauer habe ich in der Dunkelheit nur schemenhaft verschiedene Personen gesehen" sagte Benjamin. „Aber was die machten, war nicht zu erkennen. Man kann es sich aber denken."

„Wir wissen noch nichts Genaues" antwortete der Beamte. „Wir wissen nur, dass geschossen und wahrscheinlich jemand getroffen wurde." Soviel wusste Benjamin auch.

In der Zeitung las man am folgenden Tag noch nichts, aber die Radiosender brachten die Nachricht, dass im Bereich des Nordbahnhofs vermutlich ein Fluchtversuch tödlich geendet war. Später erfuhr man ein wenig mehr über die versuchte Flucht. Es handelte sich um einen jungen Mann, der zu seiner Mutter in den Westen wollte.

Unter den Kommilitonen verbreitete sich die Nachricht, dass in der Nähe von Benjamins Studentenbude ein junger Mann angeschossen worden war. Man fragte ihn aus, auch der Professor für Kunstgeschichte hatte von den Schüssen an der Mauer gehört. Benjamin musste erzählen wie das abgelaufen ist. Der Professor sagte zwischendurch immer wieder „Das ist ja furchtbar, das ist ja furchtbar." Und dann fragte er, ob Benjamin nervlich für die Prüfung in der Lage ist. Seine Arbeiten seien ja ganz hervorragend. Natürlich tat Benjamin so als sei er noch ganz durcheinander und stotterte heftig.

Die Prüfung gestaltete sich danach ziemlich harmlos und endete mit dem Ergebnis „Sehr gut". Später erfuhr er, der angeschossene Mann hieß Dieter Brandes und war ein wenig jünger als Benjamin. Der junge Mann starb ein halbes Jahr später an seinen schweren Verletzungen. Den schrecklichen Schrei des jungen Mannes hat Benjamin nie vergessen können.

Fluchthilfe

Benjamins Mutter Christel hatte seit dem Weggang aus der DDR brieflichen Kontakt mit ihren Sangerhäuser Freundinnen gepflegt. Ganz besonders mit einigen Damen, mit denen sie im Kirchenchor gesungen hatte. Sie wusste ziemlich genau, was in der kleinen Stadt am Harz passierte. So hatte sie auch einiges über Benjamins Schulfreunde erfahren. So zum Beispiel über eine gewisse Karin, die auch in Benjamins Schule gegangen war.

Noch während der Tunnelaktion erfuhr Benjamin von seiner Mutter über den Fall dieser Karin. Zu diesem Mädchen hatte er nie engeren Kontakt gehabt. Karin kam aus einem Elternhaus, das sich an die Verhältnisse in der DDR angepasst hatte. Der Vater war so etwas wie ein leitender Angestellter in einer Sangerhäuser volkseigenen Fabrik gewesen. Aus irgendwelchen Gründen hatte der Vater diesen lukrativen Posten verloren. Damit war auch Karins staatstragende Gesinnung überflüssig geworden, denn angesichts der vermuteten väterlichen Vergehen, war ihr die fortschrittliche, sozialistische Gesinnung wenig hilfreich.

Karin hatte einen Freund, der einige Jahre älter war als sie. Er kam auch aus Sangerhausen und hatte nach der Bewährung in der Volksarmee und als Pfleger in einer Klinik endlich ein Semester Medizin studieren dürfen. Von diesem Freund, der wegen seines christlichen Elternhauses lange auf seine Immatrikulation hatte warten müssen, verlangte man plötzlich gewisse Spitzeldienste, die er dank seines glasklaren Gewissens nicht erfüllen konnte. Er hatte begonnen, das sozialistische Vaterland zu hassen und hatte sich deshalb entschlossen, die DDR zu verlassen. Zu diesem Zweck hatte er irgendwann gemeinsam mit Karin einen Ausreiseantrag gestellt mit dem Ergebnis, dass beide ihre Studienplätze verloren hatten. So ähnlich war das, was Benjamin über seine Mutter aus Sangerhausen gehört hatte.

Von seiner Mutter wusste er bald noch mehr. Wie Christel erfahren hatte, befand sich seine Schulkameradin Karin mit ihrem Freund in größeren Nöten. Denn beide lebten jetzt angeblich in einem schäbigen Gartenhaus in Berlin-Buchholz und hatten ihre Not, überhaupt das täglich notwendige Brot bezahlen zu können. In Sangerhausen wollten sie, wie Benjamin später erfuhr, nicht wohnen, denn Karins Eltern waren mit der Wahl ihrer Tochter nicht einverstanden. Einen Schwiegersohn mit Bindungen an die Kirche hatten sie sich nicht vorgestellt.

Hermann hatte dank seiner engen Kontakte zu Ostberliner kirchlichen Kreisen von diesem Paar gehört. Benjamins Informationen kamen aus Sangerhausen. Gemeinsam überlegten sie, wie man den beiden helfen konnte.

Sie besuchten die beiden. Karin fiel – wie man so sagt - aus allen Wolken, als sie Besuch von ihrem Schulfreund Benjamin bekam.

Bald erfuhren Hermann und Benjamin Näheres über die traurige, persönliche Situation der beiden.

Schließlich entwickelten sie gemeinsam Hilfsprogramme für die beiden. Zuerst halfen sie bei der Beschaffung von Arbeitsmöglichkeiten. Das war nicht allzu schwer, dauerte aber etliche Wochen. Sie fanden ein christliches Hospiz, das für die Versorgung der Bürger in der DDR wichtige Aufgaben hatte. Dieses Hospiz wie auch andere kirchliche Einrichtungen in der DDR wurden immer wieder von westlichen Gliedkirchen gefördert. So war es für Hermann auch nicht allzu schwer, mit einigen Beträgen sozialistischer Währung das Hospiz zur Einstellung der beiden zu überreden, zumal dieses Hospiz in Berlin wichtige soziale Aufgaben in Ostberlin erledigte.

Auf diese Weise gelang es, Karin und ihren Mann vor bitterer Not zu bewahren. Die Anstellung im christlichen Hospiz geschah mit Zustimmung der DDR-Behörden, denn weil auch westdeutsche kirchliche Kreise in diese Angelegenheit involviert waren, bestand die Gefahr, dass ein solcher Fall auch an die westdeutsche Öffentlichkeit kommen würde. Daran hatte die DDR kein Interesse.

Karin und ihr Ehemann durften nach zwei Jahren in die Bundesrepublik ausreisen. Sie hielten jahrelang Kontakt mit ihren Helfern Hermann und Benjamin.

Trotzdem gab es einigen Ärger. Irgendjemand aus dem Umkreis des Hospizes oder des Freundeskreises des glücklichen Paares hatte irgendwelche Vermutungen ausgeplaudert. So passierte es, dass Benjamin bei einer seiner Fahrten nach Ostberlin trotz einer eindrucksvollen Sammlung an Zeichnungen von griechischen Kapitellen mächtig gefilzt wurde. Man bat ihn in einen Raum abseits der Passkontrolle. Da musste er alle seine Taschen auspacken. Schließlich fragte man ihn nach seinen Kontakten und Beziehungen zu diesem Hospiz. Man habe herausgefunden, dass er für Bürger aus der DDR gewisse Hilfestellungen leiste. Das gab er zu, erinnerte aber daran, dass er sich keiner strafbaren Handlung schuldig gemacht habe. Er habe nur einer Schulfreundin mit einigen Ratschlägen etwas geholfen. Offensichtlich sahen die DDR-Mitarbeiter am Ende der Fragerei die Sache ähnlich. Man ließ ihn laufen aber nicht ohne strenge Ermahnung, sich an die gesetzlichen Regelungen der DDR zu halten.

Die deprimierende Situation an der Mauer und letztlich diese unangenehme Fragerei half ihm bei seinem Entschluss, Berlin zu verlassen.

Er hatte das Vordiplom ordentlich bestanden und schrieb sich an der Technischen Hochschule in Darmstadt ein. Seine Mutter Christel war inzwischen Oberschwester einer Kinderklinik in Darmstadt geworden. Dort war er viel näher an seinem Jugendchor, den er schon in Gießen kennen gelernt hatte. Jetzt machte er neben seinem Studium zu allererst Musik von Bach, Händel, Brahms und Monteverdi. Das machte ihm eigentlich doch etwas mehr Spaß als die nicht ungefährlichen karitativen Aktionen und Schiebereien mit Ostgeld, bei denen man nie genau wusste, ob man nicht doch irgendwann mit beiden Beinen in einem DDR-Gefängnis landete.

Er brach, wie man so sagt, alle seine Berliner Zelte ab und verabschiedete sich von seiner lieben Tante Meta, von Onkel Friedrich und dessen Familie, von Hermann und einigen Bewohnern seines Hauses. Tante Hanna war schon verstorben und Onkel Christian war nie anzutreffen.

Nach Darmstadt zu seiner Mutter war inzwischen auch die Großmutter aus Greifswald gezogen. Die DDR war vermutlich froh, dass sie der alten Dame keine Rente mehr zahlen musste. Im Westen bekam sie ohnehin deutlich mehr Rente als in der DDR. Vertrieben hatte sie aber zu allererst ihr Schwiegersohn, der das Gebissgeklapper der Großmutter auf Dauer nicht ertragen konnte. An einem der Nachmittage setzte er sich in einen Zug in Richtung Frankfurt. Am frühen Abend hielt der Zug kurz in Sangerhausen. Auf dem Bahnsteig stand ein Schaffner, ein junger Mann, den er noch aus seiner Schulzeit kannte. Als Benjamin ihn grüßte, guckte der nur komisch und irritiert, als habe er eine Fata Morgana gesehen.

Die sozialistische Partnerschaft

Benjamin arbeitete seit fast zwanzig Jahren in der Stadtplanung der Stadt Ludwigshafen am Rhein.

Ein gutes Jahr vor der Wende kam es zwischen der Stadt Ludwigshafen und der Stadt Dessau zu einer Partnerschaft. Die Angelegenheit hatte der Bundeskanzler Kohl organisiert, der – wie bekannt – aus Ludwigshafen stammte. In Ludwigshafen wusste man nicht so genau, ob man auch die Dessauer gefragt hatte. Deshalb war man in Ludwigshafen auch ziemlich überrascht über diese Partnerschaft. Viel gefragt, ob die Beteiligten damit einverstanden sind, hatten vermutlich weder der Kanzler Kohl noch der Staatsratsvorsitzende der DDR. Ob Honecker die Städtepartnerschaft mit den Dessauern abgesprochen hatte, weiß man nicht. Sehr erfreut war man dort aber nicht, denn man musste plötzlich zusammen arbeiten mit dem kapitalistischen Geschmeiß, das man Jahrzehnte bekämpft hatte.

Benjamin hörte aus seiner Verwaltung Gerüchte, der Ludwigshafener Baudezernent sei in höchsten Nöten wegen Dessau. Als die Gerüchte nicht weniger wurden, fragte Benjamin im Vorzimmer des Baudezernenten nach, welche Probleme dort anstanden.

„Ach die Dessauer wollen Ausstellungstafeln nach Ludwigshafen schicken, wissen aber nicht so recht, wie sie das machen sollen. Die Dessauer Mitarbeiter kann man nicht damit beauftragen, die bleiben sonst hier" erklärte die Sekretärin.

Benjamin lachte. „Ganz einfach", erklärte er der Sekretärin. „Man schickt einen kleinen Bus nach Dessau und holt die Sachen ab. Wenn es nötig ist, fahre ich mit".

Nach ein paar Minuten rief die Sekretärin bei Benjamin an und bat ihn zum Baudezernenten.

Benjamin fuhr mit dem Fahrstuhl in die entsprechende Etage und wurde gleich zum Dezernenten geholt. Der saß an seinem Tisch, rang mit den Händen und raufte sich die Haare.

„Da haben sich die Dessauer gemeldet. Sie haben eine Ausstellung über das Bauhaus. Die wollen sie uns schicken, man könnte sie bei uns hier im Rathaus zeigen."

Für Benjamin kein Problem. „Da schicken Sie einen kleinen Bus mit Chauffeur nach Dessau. Da kann man die Stücke abholen. Es sei denn, da gibt es Stücke, die dreimal viel Meter groß sind. Da braucht man einen Lastwagen."

„Aber denken Sie mal dran, das ist Ostzone."

„Na und?"

„Würden Sie denn da mitfahren? Ich sag's noch einmal, das ist Ostzone."

Benjamin grinste. „Ich bin da geboren und aufgewachsen. Letztes Jahr war ich dort bei meinem Vetter und habe Ferien gemacht."

Der Dezernent schöpfte Hoffnung. „Sie waren in der Ostzone? Würden Sie da vielleicht hinfahren? Die Stadt stellt Ihnen einen Kleinbus mit Fahrer."

„Klar, kein Problem. Schicken Sie unsere Personaldaten nach Dessau und die Fahrzeugkennzeichen. Der Fahrer braucht einen Reisepass. Dann fahren wir los. Aber schreiben Sie den Dessauer Kollegen bitte noch, dass ich mal Bürger der DDR gewesen bin und dieses Land verlassen habe, weil ich das reaktionärste Schwein meiner Schule gewesen bin."

Dem armen Dezernenten fiel ein Stein vom Herzen, dass man es beinahe plumpsen hörte, wollte aber wissen, wie man ein reaktionäres Schwein wird. Das erklärte Benjamin in wenigen Worten. „Sie mussten nur in einem kirchlichen Chor singen, fromme Lieder auf der Posaune blasen und Klamotten aus dem Westen tragen. Also zum Beispiel Bluejeans. Dann gehören Sie im Sozialismus zu den reaktionären Schweinen.

Benjamin wunderte sich, dass die Dessauer der Stadt Ludwigshafen diese Ausstellung angeboten hatten. Denn in der Zeitung hatte gestanden, dass die Dessauer über diesen Alleingang Honeckers überrascht, wenn nicht sogar verärgert waren.

An einem Sonntagmorgen fuhren die beiden los. Der Vetter Karli lebte inzwischen in Thüringen und arbeitete als Arzt in einer staatlichen Praxis. Benjamin hatte ihm gleich geschrieben, dass er mit einem Fahrer vorbeikommen würde. Da könnte man gemeinsam Mittag essen und erzählen. Karli fand das wunderbar.

Sie fuhren also los. Ein junger Chauffeur mit einem Kleinbus und Benjamin. Vor dem Grenzübergang Eisenach tankte der Fahrer das Auto voll. Er meinte, man wisse nicht, was es in der Ostzone für Benzin gibt. Benjamin beruhigte ihn. Die Westautos würden auch mit dem Ostbenzin ordentlich fahren. Egal ob im Osten oder Westen, der Sprit kommt aus der Sowjetunion.

Die Regularien an der Grenze waren ganz einfach. Man musste nur die Reispässe und die Fahrzeugpapiere zeigen, dann durfte man weiterfahren. Die Grenzbeamten verglichen nur die Angaben in den Reisepässen mit ihren Unterlagen. Dann wussten sie schon Bescheid.

Der städtische Fahrer war ein netter Kerl, der aber noch nie in der DDR gewesen war. Er wunderte sich ein wenig, dass die Verkehrsregeln in der DDR ganz ähnlich waren wie in der Bundesrepublik.

Und Autobahnen gab es auch. Benjamin erklärte ihm, die hätte noch Hitler bauen lassen.

Man fuhr bis nach Weimar, dann nach Norden in Richtung Rastenberg. Dort gabs bei Benjamins Vetter ein wunderbares Mittagsessen in Form eines köstlichen Rinderbratens, der noch durch pfälzer Wein veredelt wurde, den Benjamin mitgebracht hatte. Dann mussten sie schon weiter. Der Fahrer wunderte sich über das tolle Essen und wollte wissen, ob man hier immer so gut isst. Benjamin lachte. „Die Thüringer! Denen kanns sauschlecht gehen, zu essen muss man immer was Gutes haben."

Am frühen Abend waren sie in Dessau. Sie fanden gleich das Hotel. Es war eines dieser Hotels, das eigens für besondere Personen gedacht war. Denn man stellte beim Abendessen fest, unter den Gästen gab es eine ganze Reihe von Ausländern, die sicher nicht zur körperlich arbeitenden Gesellschaftsschicht gehörten.

Nach dem Essen gingen die beiden noch ein wenig durch die Hauptstraße der Stadt und guckten sich die Geschäfte an. Der Fahrer war entsetzt. „Das ist ja furchtbar. Was gibt's hier nur für einen schaurigen Müll!"

Benjamin lachte. „Das ist DDR. Es hat sich nichts geändert. Schön ist es hier zu allererst in der wunderbaren Landschaft. Zum Beispiel im Harz, im Thüringer Wald oder an der Ostsee."

Beide verschwanden bald in ihren Zimmern, denn sie waren müde und hatten noch einen anstrengenden Tag vor sich.

Die Zimmer lagen nebeneinander, so dass Benjamin hörte, wie sein Fahrer noch etwas Musik hörte. Unterhaltungsmusik der DDR. Die war so blöd, dass es selbst der Fahrer nicht lange aushielt und das Radio ausschaltete.

Am Morgen gegen sieben Uhr wurde Benjamin wach. Er hörte im Zimmer seines Fahrers Stimmen. Zuerst dachte er nicht viel dabei, aber als die Gespräche nach einer viertel Stunde noch nicht vorbei waren, fing er an, sich zu wundern. Mit wem unterhielt sich der Fahrer?

Gegen acht Uhr traf man sich zum Frühstück. Der Kellner, der sie bediente, war ein junger Mann, der ein wenig anders aussah als die typischen DDR-Jünglinge. Er hatte etwas längere, gelockte Haare, hatte einen Kinnbart und trug für DDR-Verhältnisse ziemlich modische Kleidung. Während er die beiden bediente, fragte er den Fahrer leise: „klappt das?" Der Fahrer nickte und sagte nur: „ja".

Benjamin war irritiert. Irgendwas war da passiert, wovon er nichts wusste. Gleich fragte er den Fahrer: „Was soll da klappen?"

„Erzähle ich Ihnen draußen."

Benjamin war irritiert, weil da Sachen passierten, die gefährlich werden könnten und weil er wusste, dass er bei dieser Aktion nach Dessau der Verantwortliche war.

Als sie gemeinsam nach draußen zum Auto gingen, um zum Bauamt zu fahren, gab der Fahrer Benjamin einen Briefumschlag. Diesen Brief, so erklärte der Fahrer, solle er im Westen in einen Briefkasten stecken.

Der Brief war gerichtet an den damaligen Außenminister Hans-Dietrich Genscher. Benjamin zog den Brief aus dem Umschlag und begann zu lesen. Da stand drin, dass er, also der Kellner, sein kommunistisches Heimatland hasst, dass er und seine Frau nichts anderes möchten als dieses verbrecherische Land zu verlassen. Er, der Außenminister habe gewiss die Möglichkeit ihnen zu helfen. Er wisse ja selbst, wie es in der Ostzone zugehe, denn er habe dieses Land selbst in den 50er Jahren verlassen.

Benjamin war sicher, dieser Brief war eine Finte. Denn in einem solchen staatlichen Hotel mit vielen ausländischen Gästen hätte man keinen politisch unzuverlässigen Menschen arbeiten lassen. Benjamin überlegte nicht lange. „Eine Finte" erklärte er seinem Fahrer. „Eine ganz übler Trick. Die denken, wir sind doofe, naive

Wessis." Zum Glück fand Benjamin in einer seiner Taschen ein Feuerzeug. Er verbrannte den Brief sichtbar und demonstrativ, so dass man diese Aktion von allen umliegenden Fenstern sehen konnte.

Während der Fahrt zum Bauamt dachte Benjamin immer wieder an diesen Brief. Vielleicht war ja der junge Mann so naiv und glaubte, dass Genscher ihm helfen könnte oder würde. Oder die DDR-Leute waren sicher, die naiven Westler konnte man mit solchen Tricks hereinlegen. Sicher hatten die Dessauer wenig Interesse an freundschaftlichen Verbindungen mit einer westlichen Großstadt. Daran hatte sicher auch der Staatssicherheitsdienst kein größeres Interesse. Wie es auch war, Benjamin fand keine Lösung, aber er war sicher, das Risiko, hier zu helfen, war viel zu groß.

Danach fuhren sie zum Bauamt, um die Ausstellungstafeln abzuholen. Sie wurden empfangen von einem subalternen Mitarbeiter, der eigens die Tafeln in den Bus brachte. Niemand anderes begrüßte sie. Benjamin wunderte sich nicht darüber, denn sie waren Kundschafter aus dem bösen und verbrecherischen Westen.

Die Heimreise nach Ludwigshafen verlief ohne Zwischenfälle. An der Grenze verlangte man nur die Reisepässe, dann durften sie weiterfahren. Trotzdem kam sich Benjamin ein wenig vor wie bei dem sogenannten Ritt über den Bodensee.

Die Tafeln wurden am folgenden Tag ausgepackt und von Mitarbeitern des Hochbauamtes im Rathaus aufgehängt. Benjamin musste aber gleich zum Baudezernenten, weil der wissen wollte, wie diese Fahrt verlaufen war.

Benjamin schilderte die Reise in allen Einzelheiten einschließlich der Geschichte um den Brief an den deutschen Außenminister. Der Dezernent war entsetzt. Er schüttelte immer wieder den Kopf und schimpfte auf die sozialistischen Schufte in Dessau. Und er war glücklich und zufrieden, dass Benjamin so gut reagiert hatte.

Viele Jahre nach der Wende erzählte Benjamin die Sache mit dem Brief an Genscher dem pensionierten Oberbürgermeister. Er war entsetzt über die Unverschämtheiten der sozialistischen Funktionäre und nachträglich noch in Sorge um einen möglichen Skandal.

Hilfe für Dessau

Ein gutes Jahr nach dieser Fahrt waren beide deutschen Staaten vereint. Dessau hatte eine neue Stadtregierung, vermutlich hatte man auch einige der besonders roten und sozialistisch gläubigen Mitarbeiter ausgetauscht. Die Dessauer hatten einen freundlichen Brief nach Ludwigshafen geschickt, in dem sie die neuen Verhältnisse darstellten. Natürlich mussten sie plötzlich mit allen neuen gesetzlichen Regelungen zurecht kommen, die nach der Wiedervereinigung auch in der ehemaligen DDR galten. Denn die Bundesrepublik hatte keinen Augenblick daran gedacht, irgendwelche kommunistischen gesetzlichen Regelungen der DDR zu übernehmen.

So kam es, dass man in der Partnerstadt Dessau massiv um Hilfe bat. Zum Beispiel waren Fragen des Bau- und Planungsrechtes zu bearbeiten, von denen die arme Kollegenschaft in Dessau keine Ahnung hatte.

Die Stadt Ludwigshafen hatte deshalb in Dessau eine Wohnung mit vier Räumen gemietet. Dort schickte man Mitarbeiter hin, die den Kollegen in Dessau bei der Bewältigung der Verwaltungsarbeit helfen sollten.

Auf einer dieser Fahrten hatte man Personal aus der Stadtplanung und der Bauordnung auf den Weg geschickt. Vier Ludwigshafener Kollegen bekamen ein städtisches Auto und fuhren an einem Sonntag in den Nachmittagsstunden los. In Dessau nahm man gleich Quartier in der angemieteten Wohnung. Das wurde eine lustige Angelegenheit, denn angesichts der erwarteten Not in der sogenannten Ostzone hatten die Kollegen ausreichend Getränke und Essen eingepackt, so dass der Aufenthalt nicht langweilig werden konnte.

Am folgenden Morgen besuchte man die Dessauer Bauverwaltung und wurde vom neuen Baudezernenten begrüßt. Der war sehr freundlich und dankbar und hoffte auf eine hilfreiche Zusammenarbeit. Das erste Problem, mit dem er die Ludwigshafener traktierte, war ein neuer Laden, der von einer bekannten norddeutschen Lebensmittelkette in einem ehemaligen Konsumgeschäft eingerichtet worden war. Dieser neue westliche Laden sollte weg, denn er würde sicher einige Läden in der Stadt in Konkurs treiben. Verantwortlich für dieses Problem war ein Mitarbeiter bei der Stadt Dessau, der wegen dieses Ladens in höchsten Nöten war. Man hatte ihm nach der Wende den Arbeitsvertrag geändert. Das übliche Arbeitsverhältnis im öffentlichen Dienst hatte man in einen befristeten Arbeitsvertrag umgewandelt. Vermutlich war er ein treuer sozialistischer Mitarbeiter, also eine rote Socke gewesen.

Die Ludwigshafener Berater ließen sich die Geschichte um den westlichen Supermarkt erzählen und schüttelten am Ende die Köpfe. Es gab kein planungsrechtliches Instrument, um diesen westlichen Markt zu vertreiben. Das wurde dem Baudezernenten mitgeteilt. Die Ludwigshafener waren so gemein und versprachen dem armen ehemals sozialistischem Mitarbeiter, die Angelegenheit in Ludwigshafen bekannt zu machen.

Benjamin wurde bei der Stadtplanung eingesetzt. Dort gab es einen Mitarbeiter, der sich um die Aufstellung eines Flächennutzungsplanes zu kümmern hatte. Für Benjamin kein Problem, denn er kümmerte sich schon mehr als 15 Jahre in Ludwigshafen um diese Art der Planung. Der arme Mitarbeiter, der sich um dieses Planwerk zu kümmern hatte, wusste so gut wie nichts über dieses

Planungsinstrument, das für alle Gemeinden Deutschlands verbindlich ist. Er erzählte Benjamin, womit er sich schon alles beschäftigt hatte. Sein größtes Problem war eine fehlende Untersuchung der landschaftlichen Verhältnisse in der Stadt. Also die Verhältnisse des Klimas, der Flora und der Fauna. Und die zu schützenden Landschaftsteile.

Benjamin erklärte dem armen Mitarbeiter, der mit dem neuen Planungsrecht erst wenige Wochen konfrontiert war, wie man einen solchen Flächennutzungsplan aufstellt. Jede neue Flächenausweisung musste begründet werden, über alle freilebenden Feldhamster, Tauben, Spatzen, Igel und Mäuse der Stadt musste man so ungefähr Bescheid wissen. Die Feldhamster waren am wichtigsten. Die standen auf der roten Liste und durften in keinem Fall gestört werden.

„Aber ich habe doch keine Ahnung, wo bei uns in der Stadt Feldhamster sind" war die entsetzte Antwort des Mitarbeiters. „Soll ich da vielleicht mit dem Spaten auf die Fläche gehen und nach Hamstern graben?"

„Sie nicht, aber die Landschaftsplaner sicher. Die müssen wissen, ob und wo es solche Tierchen in der Stadt gibt."

Mit einigem Erstaunen fragte der Dessauer Kollege irritiert, was Landschaftsplaner bei der Bauleitplanung zu suchen haben. Die Stadtgärtner gewiss, die waren für die Grünflächen verantwortlich. Aber Landschaftsplaner? Ein Büro, das alle diese Daten hätte liefern können, kannte er nicht. Benjamin schlug vor, man könnte bei einer Universität mit entsprechenden Einrichtungen nach dieser Art von Untersuchungen nachfragen. In Chemnitz, ehemals Karl-Marx-Stadt, zum Beispiel oder in Dresden, wo es an den dortigen Hochschulen sicher auch Institute oder wenigstens Personal mit Kenntnissen über Landschaftsplanung geben könnte.

Benjamin entdeckte auf dem ersten Planentwurf für den Flächennutzungsplan ein größeres Gewerbegebiet abseits der Stadt. Er stellte ein paar Fragen nach diesem Gewerbegebiet. „Ja, diese Fläche ist neu, die will unser Dezernent haben." „Aber die ist von der Stadt sicher 10 Kilometer entfernt. Gibt's da eine vernünftige Straße hin, gibt's da ausreichend Strom, Wasser, Gas und Einrichtungen zur Ableitung von Abwasser? Und was ist mit möglichen Feldhamstern? Was ist mit möglichen Biotopen?" Nein, alles gab es da nicht oder man wusste es nicht. Und ob da Feldhamster waren, wusste auch niemand. Benjamin wollte wissen, wieso man auf die Idee kommt, dort ein Gewerbegebiet auszuweisen. Diese Frage wollte ihm der Mitarbeiter nicht beantworten. Oder er durfte es nicht. Später verriet ihm ein Kollege, die Frau des Baudezernenten habe dort angeblich einige Grundstücke. Da wolle man wohl etwas verdienen.

Benjamin machte aus allen Informationen eine Aktennotiz, in der er alle Mängel aufzählte, die er bei diesem ersten Entwurf des Flächennutzungsplanes entdeckt hatte. Diese Notiz gab er weiter an den Dessauer Baudezernenten.

Der Aufenthalt der Ludwigshafener Planungshelfer gestaltete sich, abgesehen von einigen Merkwürdigkeiten, mit denen sie zu tun hatten, angenehm. Man saß abends bei pfälzischem Wein beisammen und tauschte die Erfahrungen aus, die man täglich mit dieser armen Verwaltung hatte, der so viele Erfahrungen fehlten. Am vierten Arbeitstag gab es ein Gespräch beim Baudezernenten. Dieser Mensch war ziemlich ungehalten über die bisherige Beratung durch die westdeutschen Kollegen. Alle Ratschläge und Empfehlungen seien unbrauchbar. Man habe kein Interesse mehr an weiteren Beratungen.

Er hatte noch nicht fertig geredet, da packte schon der erste Kollege von der Ludwigshafener Bauordnung seine Sachen zusammen und machte Anstalten zu gehen. Die anderen folgten ihm. Es wurde eine Trennung ohne Abschied. Die Ludwigshafener Mitarbeiter fuhren zurück in die Dessauer Wohnung, packten ihre Sachen und machten sich auf den Heimweg. Während der Fahrt überlegten sie, was sie zu Hause berichten wollten. Benjamin hatte schon einen Notizblock in der Hand und formulierte eine Antwort. Die wollte man gleich am folgenden Morgen dem Ludwigshafener Stadtvorstand vorlegen.

So kam es auch. Niemand beim Stadtvorstand in Ludwigshafen war böse über das Ergebnis dieser Beratungsaktion. Es wurde in den folgenden Monaten kein einziger Ludwigshafener Mitarbeiter des Baudezernates nach Dessau geschickt.

Mehr als ein Jahr später erfuhr man in Ludwigshafen, dass der Dessauer Baudezernent abgewählt worden war. Er hatte vermutlich ein wenig zu heftig gewisse private Interessen versucht zu realisieren. In Ludwigshafen war man darüber nicht böse. Es gab eine Person weniger, über die man sich ärgern konnte.

Noch eine größere Zeitspanne später bekam Benjamin einen Anruf aus dem Vorzimmer seines Baudezernenten. Er wunderte sich, weil er sicher war, er hatte nichts ausgefressen. Die Sekretärin teilte ihm nur mit, da seien zwei Herren aus Dessau, die würden über die Zusammenarbeit zwischen den Verwaltungen von Dessau und Ludwigshafen reden wollen. Benjamin solle sich bereithalten, falls er bei dem Gespräch dabei sein sollte.

‚Schon wieder' dachte Benjamin. Aber es stellte sich heraus, Benjamins Anwesenheit wurde nicht gebraucht. Er musste trotzdem später noch zum Dezernenten.

„Stellen Sie sich vor, die Dessauer wollten Sie für zwei Jahre von uns ausleihen. Sie sollten dort bei der Bauleitplanung helfen. Die müssen einen Flächennutzungsplan machen und wissen nicht wie das geht. Wir haben abgelehnt mit dem Argument, Benjamin Kramer wird hier in Ludwigshafen gebraucht. Schließlich steht auch bei uns bald die Fortschreibung des Flächennutzungsplanes an. Da sind Sie nicht zu ersetzen."

Benjamin war darüber nicht böse. Er hätte zwar auf sich genommen, einen Tag in ein oder zwei Wochen nach Dessau zu fahren, um die Dessauer Kollegenschaft zu instruieren. Aber auch das wollte der Dezernent nicht.

„Diese Dessauer haben uns genug geärgert. Andere Städte in den neuen Bundesländern müssen mit den Rechtsvorschriften auch zurechtkommen. Das müssen die Dessauer auch lernen."

Filius

Bei einem seiner Besuche in der Heimatstadt traf er seinen Mathematiklehrer Filius, den er mehr als dreißig Jahre nicht gesehen hatte. Er hatte gehört, Filius hatte man unmittelbar nach der Wende zum Leiter des Gymnasiums gemacht. Sein Vorgänger war vermutlich ein strammer Sozialist und Parteimensch gewesen. Filius dagegen hatte sich immer nur um Mathematik und um die Physik gekümmert. Natürlich wollte er wissen, was sein Schüler Benjamin in seinem Leben angestellt hatte. Und er erklärte ihm, man solle doch „Du" sagen. Schließlich waren sie ja nur acht oder neun Jahre auseinander. Er erklärte ihm, man nenne ihn üblicherweise Filius. Benjamin lachte und erzählte ihm, wie er zu diesem Spitznamen gekommen war.

Filius erzählte ihm von seinen Problemen, die er jetzt als Direktor hatte. Ein Gymnasium in Deutschland hatte neun Jahrgänge, in der DDR hatten die Oberschulen nur vier Jahrgänge gehabt. Das bedeutete, man brauchte eine deutlich größere Schule und neue Lehrer. In der DDR hatten sie in Sangerhausen um die 350 Schüler gehabt, jetzt waren es mehr als doppelt so viele. Aber es gab in der Westsiedlung ein Gebäude, das man wahrscheinlich bald übernehmen könne. Da gäbe es dann mehr Platz. Dafür war das

Problem mit den Lehrkräften nicht gelöst. Besonders mit den Lehrkräften, die ausgebildet worden waren in Staatsbürgerkunde, Geschichte und Deutsch. Die mussten allerlei neu lernen. Aber da gab es leider auch welche, die stramme Parteimitglieder der SED gewesen waren. Die hatten es besonders schwer, weil der Sozialismus nicht mehr die allein selig machende Ideologie der Gesellschaft war.

Benjamin erzählte, was er bisher in seinem Arbeitsleben gemacht hatte. Zum Beispiel ganze Stadtviertel entworfen. Die seien sogar fertig gebaut worden. Das fand Filius beeindruckend, denn viele Dinge der menschlichen Arbeit sind vergänglich. Aber die Arbeit der Bauleute können – wie man an Beispielen aus Rom oder Griechenland wusste – schon mal 2000 Jahre alt werden.

Nach all` den Erzählungen hielt plötzlich Filius inne und erklärte: „Du stotterst nicht mehr".

Ja, das hatte Benjamin in den vergangenen Jahren auch gemerkt. Das Sprechen war in den letzten Jahren immer besser geworden. Er dachte darüber nach und war beinahe sicher, die Singerei hatte bei diesem Heilungsprozess einen großen Anteil.

„Ich glaube," so erklärte Benjamin, „das liegt an der Singerei. Ich habe ja 20 Jahre solistisch gesungen. Etliche Jahre als Mitglied einer Operntruppe. Stell Dir vor, da sitzen vielleicht 500 oder sogar 1000 Zuhörer oder Zuschauer im Saal und du musst einen liebeskranken Schäfer oder einen eifersüchtigen Liebhaber singen und spielen. Da wirst du zwar manchmal verprügelt oder sogar erschlagen, aber das alles stärkt dein Selbstbewusstsein ungemein."

Ja, so ähnlich wird es gewesen sein. Er erzählte Filius, was sie alles in ihrer Operntruppe angestellt hatten einschließlich der Beule, die ihm sein Konkurrent und Liebesrivale verpasst hatte.

Sie redeten viel über die Schule und natürlich über das kleine Städtchen Sangerhausen. Es hatte durch die Wende Schlimmes durchgemacht. Der Kupferschacht, der erst um das Jahr 1950 abgeteuft worden war, war zur Wende im Jahr 1990 geschlossen worden. Auch die alte Maschinenfabrik gab's nicht mehr, die Mitteldeutschen Fahrradwerke in ihrer ursprünglichen Form auch nicht. Andere Firmen waren auch aufgelöst. Das alles interessierte Benjamin sehr, der von Stadtentwicklung aufgrund seiner Arbeit bei der Stadt Ludwigshafen allerlei verstand. Natürlich war es hier so ähnlich wie in Dessau. Man meinte, wenn man ein großes Gewerbegebiet ausweist, kommen die Firmen ganz allein. So war schnell der Plan entstanden, im Südwesten der Stadt ein großes Gewerbegebiet auszuweisen. Um die 400 Hektar sollte es groß sein. Als phantasievolle Bezeichnung hatte man sich ausgesucht: „Industriepark". Wie die Stadt das gemeint hatte, wusste niemand. Industriell hergestellte Bäume? Für Benjamin klang das so ähnlich wie ein Käsefondue mit Schokoladensauce oder eine Obsttorte mit Harzer Käse.

Als auf der wundervollen Fläche auch noch Feldhamster gefunden wurden, war man in der Stadt beinahe ratlos, denn diese Tierchen stehen auf der roten Liste und sind ähnlich geschützt wie ein Konto bei der Bank.

Vieles von dem erfuhr er von seinem Mathelehrer Filius, der selbst ein wenig verzweifelt war über die naiven Vorstellungen städtischer Mitarbeiter.

Traurig war Benjamin über den Zustand seines Geburtshauses. Sein Urgroßvater hatte dieses Gebäude an der Straßenfront mit zwei lebensgroßen Jungfrauen aus Marmor zwischen den Fenstern und mit Fensterlaibungen verziert. Die armen Barockfiguren fand Benjamin zufällig im Garten eines Schulfreundes. Die Verzierungen der Fensterlaibungen waren vermutlich auf dem Müll gelandet.

Noch trauriger war Benjamin über den Zustand des Gartens, den die Großmutter immer sorgfältig bearbeitet hatte. Die Biedermeieranlage war völlig entfernt und durch Rasen ersetzt worden. Nur der Walnussbaum, den Benjamin noch als Kind gepflanzt hatte, war inzwischen groß wie eine Linde.

Mächte der Finsternis

Bei seinen Besuchen traf er auch frühere Freunde, mit denen er als Jugendlicher im Kirchenchor gesungen, im Posaunenchor geblasen und in der Jungen Gemeinde gewesen war. Er erzählte allerlei über viele Dinge, die er erlebt hatte. So auch über die Lage der Kirchen im Westen. Vieles wusste er, denn er war eine Zeit lang in seiner pfälzischen Kirchengemeinde Presbyter, also Kirchenältester gewesen. Aber dann hatte es in seinem Kirchenkreis einige Ereignisse gegeben, die ähnlich verrückt waren wie der Industriepark in Sangerhausen.

Die gotische Hauptkirche seines Kirchenkreises war vierzig Jahre zuvor für viel Geld in ihren ursprünglichen Zustand gebracht und restauriert worden. Eine neue Orgel hatte man gebaut, der Chorraum war mit Sitzen und mit einem neuen Altar ausgestattet, eine neue Kanzel war am ursprünglichen Ort errichtet worden. Den barocken Kanzelaltar, der nach 300 Jahren dringend für mehr als 100.000 € hätte restauriert und repariert werden müssen, hatte man ausgebaut und in einen ungenutzten Raum bei der Landeskirche verlagert. Jetzt hatten die Chöre der Gemeinde auch genug Platz, wenn sie größere Werke mit Orchester aufführen wollten.

Als man eine neue Dekanin bekam, war die der Meinung, man müsse den barocken Kanzelaltar restaurieren und wieder einbauen. Der neue Altar und die neue Kanzel müssten entfernt werden. Kirchenkonzerte seien liturgisch ohnehin nicht besonders wichtig, die Kantoreien führten ein gewisses Eigenleben und ließen sich manchmal nur schwierig in das Kirchenleben einordnen. Natürlich wehrte sich der Freundeskreis Kirchenmusik der Stadt, aber er wurde nicht gehört. Es kam zu einer Eskalation, in deren Folge es zu öffentlichen Beleidigungen kam, die alles andere als von christlicher Nächstenliebe geprägt waren. In der Folge gab es insbesondere wegen der hohen Kosten eine Unterschriftensammlung gegen das Projekt Kanzelaltar, die von etwa 500 Kanzelgegnern der Stadt einschließlich mehrerer pensionierter Pfarrer unterschrieben wurde. Sie hatten schon deshalb Recht, weil man entdeckt hatte, dass das Dach einer Kapelle dieser Kirche total renovierungsbedürftig war. Der barocke Altar war ohnehin nicht mehr vollständig, denn angeblich hatte jemand den Altartisch zu einer Hundehütte umgebaut.

Es kam in der örtlichen Kirchenzeitung zum Vorwurf, dass es sich bei den Kanzelgegnern um die Mächte der Finsternis nach dem Brief an die Epheser, also um Kumpanen des Satans handeln würde.

Die Kirchenleitung, die wegen dieses Vorwurfs angefragt wurde, hatte nichts gegen diesen Vorwurf.

Zur gleichen Zeit gab es in einer der kleineren Gemeinden des Kirchenkreises eine heftige Auseinandersetzung um eine Kirchenglocke, die der verbrecherische Führer Adolf Hitler der Gemeinde vor dem Krieg geschenkt hatte. Natürlich trug diese Glocke ein riesiges Hakenkreuz und wurde immer noch zu bestimmten Anlässen geläutet. Als Benjamin in der örtlichen Presse daran erinnerte, dass dieser boshafte Führer – wenn er gekonnt hätte – die Jünger einschließlich des Heilands vermutlich wegen jüdischer Abstammung vergast hätte, wurden ihm auf der Straße Prügel wegen seiner Unverschämtheiten angedroht.

Benjamin ging in sich. Bei den Sozialisten war er das reaktionärste Schwein der Schule gewesen, bei einigen pfälzischen Protestanten gehörte er plötzlich zu den Mächten der Finsternis, also zu den Kumpanen des Satans. Und Prügel hatte er in manchen frommen Augen auch verdient. Gelegentlich dachte er an seine vielen Sünden und war sicher, an diesen Vorwürfen gab es ein Stück Wahrheit. Irgendwie war er doch in Teilen ein schlechter Mensch. In Mannheim gab es eine russische Gemeinde, die von sowjetischen Zwangsarbeitern im letzten Krieg gegründet worden war. Diese Gemeinde besuchte er gelegentlich, weil er sich immer wieder über die Fröhlichkeit und Hilfsbereitschaft dieser Mitglieder freute. Als er den Priester der Mannheimer russischen Gemeinde warnte, er, Benjamin Kramer, sei ein schlechter Mensch und gehöre zu den Mächten der Finsternis, lachte der nur laut. „So ein Unsinn", meinte der und sagte weiter: „Du bist ein guter Christ" und nahm ihn in seine Gemeinde auf.

Im Jahr 2021

Das einsame Haus am Nordbahnhof, in dem Benjamin einige Jahre mit dem bekannten Personal gewohnt hatte, steht nicht mehr. Auch die Reste der Häuser, die auf der Ostseite der Bernauer Straße standen, sind längst abgeräumt. Aber es gibt genug Hinweise auf die Grausamkeiten, die die Mauer hinterlassen hat. Viele Schilder weisen auf Personen hin, die nach dem Mauerbau umgekommen sind. Und es gibt Hinweise, an welchen Stellen Tunnel gegraben wurden.

Von Benjamins Lehrern, auch von manchen seiner Schulfreunde und seiner eigenen Familie gibt es viele nicht mehr. Vieles, was die Kindheit und Jugend Benjamins so schwer und beinahe unerträglich gemacht hat, gibt es auch nicht mehr. Geblieben ist der

Mathematiklehrer, den sie Filius genannt hatten, mit dem Benjamin ein herzliches und freundliches Verhältnis pflegt. So auch die Kantorin Hanne-Lore Friedrich, geborene Lauer, bei der Benjamin das Blasen auf Althorn und Posaune gelernt und zum ersten Mal das Weihnachtsoratorium mitgesungen hatte. Ihre Familie stammt aus der Stadt Ludwigshafen, in der Benjamin mehr als 35 Jahre gearbeitet hatte.

Die westliche Politik, die darauf gewartet hat, dass sich das System Sozialismus selbst erledigt, hatte sich als richtig erwiesen. Angesichts seiner eigenen Schlechtigkeit war Benjamin ganz zufrieden, dass er wenigstens da auf der richtigen Seite gestanden hatte.

Anmerkungen:

Lit.: Dietmar Arnold, Sven Felix Kellerhoff: *Die Fluchttunnel von Berlin*. 2. Auflage. List, Berlin 2011

Veröffentlichte Texte von Thomas Breier:

„Eine Stadt wird gebaut Ludwigshafen am Rhein von der Gründung bis zum zweiten Weltkrieg." Veröffentlichungen des Stadtarchivs Ludwigshafen am Rhein Ludwigshafen am Rhein 1994 ISBN 3-924667-22-5

"... zur Sonne, zur Freiheit" Leben in der DDR 1945 - 1961 2007 Projekte Verlag Halle ISBN 978-3-86634-213-2

Daniel Rosenpluth (Pseudonym für Thomas Breier) „Nachrichten aus der Metropolregion"
Ludwigshafener Satiren mit realen Hintergründen 2010 Verlag TUB-Media ISBN 978-1-4457-9169

„Gottes Kinder in der Pfalz" Leistadter Satiren mit eigenen Cartoons
2015 Lauterblätter-Verlag ISBN 978-3-9811083

„Habsburger Hochzeit und die Wiederentdeckung Antonio Cestis Hochzeitsoper Il pomo d'oro"
2017 Lauterblätter Verlag ISBN 978-3-981 1083-5-4

"Eine moderne Großstadt". Ludwigshafen am Rhein Stadtplanung und Städtebau zwischen 1939 und 2017
2018 Veröffentlichung des Stadtarchivs Ludwigshafen am Rhein Band 45 ISBN 978-3-924667-49-8

„Pfälzer Gotteskinder kommen mit guten Werken in den Himmel"
Leistadter Satiren mit eigenen Cartoons
2019 Lauterblätter Verlag ISBN 978-3-981 1083-7-8

„Kater Titus, der Abenteurer" Ein kleiner Kater, in höchster Not aus den Fluten der Wolga gerettet, wird zum Liebling der internationalen Katzenwelt. 2020 Verlag tredition ISBN 978-3-347-14407-1

Zeitfracht Medien GmbH
Ferdinand-Jühlke-Straße 7
99095 Erfurt, Deutschland
produktsicherheit@kolibri360.de